KB128543

디어파더
디어마더

디어파더 디어마더
내 삶이 당신의 인생이었고 내 인생이 당신의 삶이었을

초 판 1쇄 2024년 05월 08일

지은이 이채령
펴낸이 류종렬

펴낸곳 미다스북스
본부장 임종익
편집장 이다경
책임진행 김가영, 윤가희, 이예나, 안채원, 김요섭, 임인영, 임윤정

등록 2001년 3월 21일 제2001-000040호
주소 서울시 마포구 양화로 133 서교타워 711호
전화 02) 322-7802~3
팩스 02) 6007-1845
블로그 http://blog.naver.com/midasbooks
전자주소 midasbooks@hanmail.net
페이스북 https://www.facebook.com/midasbooks425
인스타그램 https://www.instagram/midasbooks

ⓒ 이채령, 미다스북스 2024, Printed in Korea.

ISBN 979-11-6910-635-1 03810

값 18,000원

※ 파본은 본사나 구입하신 서점에서 교환해드립니다.
※ 이 책에 실린 모든 콘텐츠는 미다스북스가 저작권자와의 계약에 따라 발행한 것이므로 인용하시거나 참고하실 경우 반드시 본사의 허락을 받으셔야 합니다.

미다스북스는 다음세대에게 필요한 지혜와 교양을 생각합니다.

디어파더
디어마더

내 삶이 당신의 인생이었고
내 인생이 당신의 삶이었을

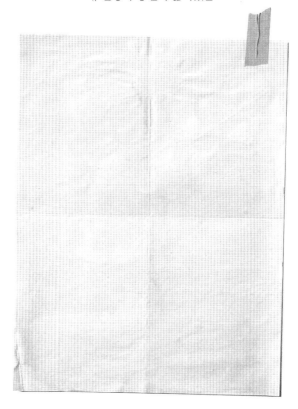

딸. 이채령

미다스북스

Contents

first LOVE

디어할머니_ 당신이 그립습니다 못 견디게

last LOVE

Dear Father, Dear Mother

그저 당연한 줄 알았습니다.
당신의 사랑이, 당신의 고됨이, 당신의 헌신이

그게 전부인 줄 알았습니다.
당신은 내가 이 세상에 왔을 때부터 나의 아빠였고 엄마였기에

그런 내가 당신의 나이를 마주하고서야 알았습니다.
그런 내가 당신의 세월을 따라가면서야 알았습니다.
그런 내가 당신의 세상을 살아가면서야 알았습니다.

당신도 이는 바람에도 휘청일 만큼 자그맣고 연약한 소년, 소녀였음을
당신도 몸서리치게 그리운 가슴 한켠에 간직한 첫사랑이 있었음을
당신도 세상에서 가장 멋진 꿈을 꾸는 눈부신 청춘이었음을
당신도 누군가의 목숨보다 소중한 귀한 아들, 딸이었음을
당신도 힘이 들 때면 기대어 목 놓아 울고 싶은 어버이가 있었음을

그런 당신을 뒤로한 채
나를 위해 꿋꿋하게 버텨왔을
당신의 곱디고왔을, 그 애꿎은 청춘에 한없이 미안합니다.

그런 당신을 뒤로한 채
나를 위해 처절하게 몸부림쳤을
당신의 차마 말로 다 못 할, 그 모진 세월에 한없이 미안합니다.

그런 당신을 뒤로한 채
나를 위해 모든 게 가능해야만 했던
당신이 만들어 준, 그 기적 같은 세상에 한없이 고맙습니다.

그럼에도
나로 인해 마냥 행복했을
당신의 그 환한 웃음에 한없이 눈물이 납니다.

당신이 있어
나의　봄은 더없이 파릇했으며
나의 여름은 더없이 청량했으며
나의 가을은 더없이 푸르렀으며
나의 겨울은 더없이 따뜻했음을

당신이 있어
나의 세상은 더없이 눈부셨음을

당신이 있어
나의 삶은 이미 충분했음을

당신이 있어
나는 거대한 꿈을 꿀 수 있었으며
당신이 있어
나는 미약하나마 그 꿈을 이룰 수 있었음을

당신이 있어

당신이

나의 당신이여

당신은 이 세상 앞에 내세우고 싶은, 나의 첫 번째 자부심이며
당신은 이 세상 끝까지 지켜내고 싶은, 나의 마지막 자존심입니다.

당신이 죽는 날까지
당신의 심장 가장 한가운데 늘 함께할 나란 걸 알기에
내가 죽는 날까지
나의 숨 가장 깊은 곳에 늘 함께할 당신이란 걸 알기에

나는 이 험한 세상이 하나도 겁나거나 두렵지 않습니다.

그러니
이제는 당신의 삶을 살아가길 진심으로 바라고 바라봅니다.

더해
나 당신의 그 귀한 삶에 있어 미천한 방관자였음을 고백합니다.
부디 용서를 구합니다.
미안합니다.

하나
나 당신을 진심으로 사랑했음을
부디 당신의 그 귀한 삶이 다하는 날까지 기억해 주시길 바라고 바라옵니다.
사랑합니다.

나의 당신이여
당신의 그 깊은 세월에 진심으로 존경을 전합니다.

그저
고맙습니다.

당신이

나의 어버이여서

당신이

−여전히 못난 당신의 아들, 딸 올림−

first LOVE

디어할머니_

당신이 그립습니다 못 견디게

봄이면

새하얀 목련이 흐드러지게 피었고

진달래와 철쭉이 더해져 따스한 봄이 왔음을 알려주곤 했다.

나풀대는 라일락 꽃향기는 나의 첫사랑을 떠올리기에 충분했다.

여름이면

우리 할머니가 좋아하던 능소화가 대문 옆 담벼락을 탐스러운 주황빛으로 빛내주었고, 무성한 푸른 잎들이 무더운 더위를 가시어 주었다. 비단잉어가 헤엄쳐 놀던 연못 안, 오래된 물레방아가 삐걱대며 들려주는 물소리는 우리의 여름을 절정으로 이끌어 주었다.

가을이면

빠알간 단풍잎과 노오란 은행잎이 온 마당을 뒹굴었고

주렁주렁 열린 감나무 꼭대기의 마지막까지 따지 못한 감을 아쉬워하며 가을의 낭만을 만끽했다. 해 질 녘, 마당 한가운데서 마주하는 가을바람은 나의 쓰라린 걱정까지 날려 주었다.

겨울이면

앙상한 나뭇가지에 흰 눈이 소복이 쌓여 한 폭의 그림을 완성시켜 주었고, 밤새

눈이 내리면 영화 〈러브레터〉의 설원이 부럽지 않았다. 새하얀 눈밭 위, 어그 부츠를 신은 우리 엄마는 당신의 손자를 위해 지치도록 눈썰매를 끌어 주었다.

정말 근사했다.
우리 집

내가 초등학교 3학년이 되었을 때 이 집으로 이사를 오게 되었고
뉴타운이라는 국가 정책에 따라 동네를 떠나야만 했던 그해까지
우리는 30년이 넘는 시간을 이 집에서 함께했다.

우리 언니가 한 남자를 만나 시집을 가기 전까지
우리 장남이 한 여자를 만나 장가를 가기 전까지
우리 막내가 한 직장을 만나 독립을 하기 전까지
우리 할머니가 한 생을 마감하며 우리 곁을 영영 떠나기 전까지

우리 일곱 식구는
이 근사한 집에서 그렇게 오랜 세월을 함께 지나왔다.

그런 근사한 우리 집에서 나는
내 인생, 잊지 못할 한 장면을 맞닥뜨린다.

한동안 몸져누워 있던 우리 할머니가 오랜만에
당신 아들의 출근길을 보러 방을 나온다.

방을 나오면 바로 보이는 커다란 통유리창을 통해
매년 근사한 봄, 여름, 가을, 겨울을 만끽했을 그녀는
그날만큼은 당신의 하나뿐인 아들을 살핀다.

마당을 가로지르는 돌길을 따라 주차장으로 향하는 당신의 아들을
맑게도 닦인 유리창 너머로 한참을 바라본다.
마치 초등학교 1학년 가슴 벅찬 첫 등굣길을 걱정 가득 바라보듯, 본다.
한평생 그렇게 자신만을 바라보고 살아왔을 그녀가
그런 뒷모습을 지켜보고 있다는 걸 아는 듯
아들은 평소보다 힘을 내어 씩씩하게 걸어간다.

그녀는 이 모습을 얼마나 더 지켜볼 수 있을까, 하는
어쩌면 마지막 배웅이 될지도 모를 당신의 아들을
어느덧 세월이 흘러버려 옅어진 눈으로 따라간다.

세상에서 가장 사랑하는 사람을 향한
세상에서 가장 아름답고도 슬픈 눈으로
그 뒷모습을 놓치지 않으려 온 힘을 다해 따라간다.

환갑도 한참 지나 백발이 되어버린 아들의 출근길을 바라보는
팔순도 한참 넘어 백발이 되어버린 아들의 엄마.

엄마와 아들은 어느새 늙어

나이가 가늠되지 않을 정도로 둘 다 새하얗게 머리가 세었다.

단지, 그 눈빛에서 엄마와 아들을 구분할 뿐이었다.

당신의 삶이었고 당신의 인생이었을, 단 한 사람
당신의 하나뿐인 아들을 향한
당신의 그 애달픈 눈빛을 나는 잊을 수가 없다.

나의 봄, 여름, 가을, 겨울을 그토록 근사하게 만들어 준
그 모든 계절보다

아름답고도 아름다운
아름답고도 눈물겨운

내 인생 최고의 한 장면이었다.

당신을 떠나보내기 전
난 꼭 묻고 싶은 것이 있었다.

당신의 하나뿐인 아들은
세상에서 가장 귀한 것을 다루듯
무엇과도 비교할 수 없을 만큼, 당신을 끔찍이도 아꼈고

당신의 하나뿐인 며느리는
참 많이도 싸우고 참 많이도 미워했지만
참 많이도 서로가 서로에게 의지했다.

당신의 네 명의 손자, 손녀는
때론 당신을 우리 엄마보다 더 사랑했다.

이 모든 걸 다 차치하고서라도
당신의 하나뿐인 아들이
당신을 위해 살아온 시간만으로
당신의 삶이 참 아름다웠을 거라, 감히 생각했다.

그럼에도

이 생에 이루지 못한 것이 있는지 궁금했다.

남은 시간 하고 싶은 것이 있는지 묻고 싶었다.

말 그대로 사경을 헤맨다는 표현밖엔

다른 표현을 할 수 없는 상황을 맞닥뜨리고 있었지만

난 꼭 묻고 싶었다.

어쩌면 이 세상에 아무런 미련 없이

그저 모든 게 좋았다는 말을 듣고 싶어서였는지 모르겠다.

그래야 한없이 부족했던 나는 조금이나마, 아주 조금이나마

나를 용서할 수 있을 거란 이기적인 마음이었으리라.

그나마 당신이 온전하게 정신을 차렸을 때

난 꼭 묻고 싶었던 그 질문을 건넨다.

"할머니, 혹시 이 생에 아쉬운 게 있어?

지금이라도 해보고 싶은 거나 못해본 거."

나는 그저 '아니'라는 이기적인 대답을 기대했으리라.

한데

우리 할머니

그 사경을 헤매는 와중에도

그저 잠시 정신을 차렸을 뿐인데도

한 치의 망설임도 없이 너무도 또렷하게 말한다.

"공부."라고

당신을 떠나보내고, 당신이 얼마 전까지만 해도 우리를 위해 매일 들르던 성
북동 절에 보살님을 만나러 간다.

당신과 함께했던 당연했던 일상이
어느새 추억이란 단어로 둔갑해 있다.

정 많고 수다스러운 보살님은 당신이 우리를 얼마나 사랑해 주었는지 정성을
다해 조곤조곤 말씀해 주신다. 어느 날인가는 이미자의 〈여자의 일생〉이란 노래
를 불러주었다고도 스치듯 말씀하신다.

집에 돌아오자마자 그 노래를 찾아 들으며, 당신을 떠나보내고 그래도 나름
잘 버텨오던 나는 결국 그동안 애써 참아왔던 눈물을 토하듯 터트린다.

「참을 수가 없도록 이 가슴이 아파도
 여자이기 때문에 말 한마디 못 하고
 헤아릴 수 없는 설움 혼자 지닌 채
 고달픈 인생길을 허덕이면서
 아, 참아야 한다기에 눈물로 보냅니다
 여자의 일생

견딜 수가 없도록 외로워도 슬퍼도

　여자이기 때문에 참아야만 한다고

　내 스스로 내 마음을 달래어 가면서

　비탈진 인생길을 허덕이면서

　아, 참아야 한다기에 눈물로 보냅니다

　여자의 일생」

노래에 담긴 가사 한 구절 한 구절이 당신이 살아온 인생을 대신 말해주고 있었다.

말 그대로 당신이라는, 한 여자의 일생을

그 오랜 시간, 단 한 번도 흐트러짐 없었던 당신

그 오랜 세월, 단 한 번도 눈물을 보인 적 없었던 당신

그 오랜 세상, 단 한 번도 고되었을 세월을 원망한 적 없었던 당신

그저 예쁠 새 없이 고달팠을 아내로서의 그 애달픈 청춘을

그저 어떻게든 지켜내야만 했을 어미로서의 그 외로운 눈물을

그저 모든 게 벅차기만 했을 여자로서의 그 가엾은 인생을

나는 위로해 주고 싶었다.

그날 이후

당신을 만나러 갈 때면 이 노래를 들려준다.

당신의 눈물로 보내왔을 서글픈 세월을, 이제라도 위로해 주고 싶어서
당신의 눈물로 지켜왔을 가엾은 세월을, 미처 알아차리지 못한 나의 어리석음
을 조금이라도 용서받고 싶어서

그리고

그때가 아니면
이 노래를 듣지 않는다.

아니 듣지 못한다.
아니 들을 수가 없다.

못 견디게 아프고
못 견디게 미안하고
못 견디게 눈물이 흘러서

못 견디게 안아주고 싶어서

'おげんきですか'
오겡끼데스까

떠올리는 것만으로도 가슴 시린, 영화 〈러브레터〉의 대사다.

사랑하는 연인을 떠나보낸 그곳에서
그를 향해 잘 지내느냐고 소리쳐 묻는, 이 장면은
AI도 눈물을 흘릴 만큼 슬픈 장면이 아닐까

'잘 지내나요.'

나는 생각한다.
어쩌면 세상에서 가장 슬픈 말이 아닐까

서로의 꿈을 향해 아무것도 바라지 않고
그 꿈을 함께하던 친구를 만나러 간다.

그를, 10년 만에 마주한다.

나는 첫 인사말로 어떤 말을 해야 할지
수없이 고민하고 고민한다.

오랜만이네요, 라고 말하기에는
그에게는 그저 잊힌 시간일지도 모른다.

보고 싶었어요, 라고 말하기에는
나에게만 허락되는 그저 이기적인 말일지도 모른다.

잘 지내나요.
수많은 시간을 고민 끝에 이 말이 가장 어울릴 거로 생각하며
수없이 연습하고 연습한다.

당신을 떠나보내고
당신이 그리울 때면
나는 가끔 무어라 말을 건넨다.

'당신, 잘 지내나요.'

그 시작은 늘 그렇다.

당신을 떠나보내고
당신을 다시 만나게 되면
나는 무어라 말을 건넬지 생각한다.

'당신, 잘 지냈나요.'

그 시작은 늘 그렇다.

　　　　미치도록 그리운 누군가에게
가슴 터지도록 보고 싶은 누군가에게

그 누군가와 지금, 함께할 수 없기에 건넬 수밖에 없는 한마디
그렇기에 어쩌면 세상에서 가장 슬픈 말이 아닐까

정말 사랑했던 사람을,　　그리워하며 건넬 수 있는 유일한 한마디
정말 사랑했던 사람을, 다시 마주하며 건넬 수 있는 유일한 첫마디

당신, 잘 지내나요.

_ 그게 사랑이었다

어릴 적의 나는
오로지 나의 생각만이 옳다고 믿었다.
오로지 나의 주장만이 나를 설득할 수 있었다.

한데 나이가 들면서
오히려 사람들의 말에 귀를 기울이기 시작한다.
오히려 누군가의 조언을 귀담아듣기 시작한다.

물론
그렇다고 많은 사람과 이야기를 주고받지는 않는다.
그렇다고 모든 사람의 이야기에 귀를 기울이지도 않는다.

그런 내가 귀를 기울이고 귀담아듣는
몇 안 되는 사람 중, 무이했던 우리 할머니

그녀는 내가 어떤 고민을 건넸을 때
감히 누구도 나에게 해주지 못한 말들을 해주고는 했다.

그게 연륜이었고, 그게 세월이었고, 그게 사랑이었으리라.

나는 여전히
나의 삶을 고민해야 하고, 선택해야 하고, 해결해야 한다.

그럴 때마다 그녀에게 묻곤 한다.

당신이라면
나에게 또 어떤 삶의 가치를 담아 이야기해 주었겠느냐고

그 답을 듣지 못해

나는 여전히
서툰 고민을, 그릇된 선택을, 미련한 해결을 하고 있는 것은 아닐까

여전히 당신이 내 곁에 함께 했더라면
어쩌면 지금보다 더 나은 삶을 살고 있지는 않을까

그 현명한 지혜가
그 기막힌 해답이
그 무한한 사랑이
너무도 그립다.

나에겐
여전히

_ 당신이 없다

나를 보는 듯한 내 친구 지연이와 삼성동에 온 길에, 봉은사에 들른다. 우리는 올곧은 불교 신자는 아니었지만, 그날 하루 종일 주고받은 서로의 버거운 고민에 대해 위로받고 싶어서였으리라.

1월의 추운 겨울이었지만, 그날은 따뜻한 햇살이 더해져 꽤 포근했다. 법당 안은 사람들로 넘쳐났고 우리는 법당밖에 마련된 공간에서 그 따뜻한 햇살을 받으며 서로의 바람들에 대해 기도한다. 그날따라 나보다 더 큰 위로가 필요했을 그녀는 몇 배 더 간절하고도 절실하게 그 버거운 마음을 내려놓는다. 그러고는 서로가 한결 가벼워진 마음으로 서울 한복판, 그것도 강남의 그 비싼 땅에 자리한 공간 구석구석을 부러운 듯, 그런 속물인 나를 부끄러워하며 둘러본다.

그렇게 한참을 둘러보고 아래로 주차장이 보일 만큼 거의 다 내려온 길목에 스님들이 묵고 계신다는 안내 문구가 있는 안채 앞, 정겹게 만들어진 나무 의자에 잠시 앉는다. 잠시 앉았을 뿐인데 우리의 수다는 다시 시작된다. 이미 만나서 반나절은 수다를 떨었는데도 또다시 수다가 시작된다. 아마도 간절한 기도만으로 버거웠던 마음이 조금은 가벼워졌으리라.

1월의 추운 겨울이었지만 따뜻한 햇살이 더해져 꽤 포근했던 그날 오후. 나를 보는 듯한 내 친구 지연이는 한결 밝아진 모습으로 뜬금없이 친구가 키운다는 잿빛 색상의 고양이 사진을 보여주며, 우리의 주제는 맥락도 없이 고양이로 흐른다.

그렇게 시작된 고양이 얘기에 오래된 기억을 꺼내본다.

나는 우리 아빠 덕분에 꽤 넓은 정원이 있는 집에서 자랐다.
어릴 적엔 내 몸집보다 큰 물레방아가 도는 오래된 연못이 있었고, 그 연못에는 탐스러운 비단잉어도 살았다. 나는 마당이 넓은 우리 집이 참 좋았다.

단 한 가지 불편했던 건
그날처럼 따뜻한 햇살이 내리쬘 때면 동네 길고양이들이 그 넓은 마당을 차지하곤 했다는 것이다. 길고양이들이 그렇게 마당을 차지하고 있으면 난 밖을 나갈 수 없었다.

고백하건대
나는 동물을 끔찍이도 무서워하는 너무나도 불편한 삶을 살아왔고, 앞으로도 그런 삶을 살아가야 하는 끔찍이도 불행한 사람이었다. 그건 내가 스스로 불행하다고 느끼는 유일한 지점이다.

그런 어느 날 마당 뒤편 인적이 드문 외로운 나무 아래, 길고양이 한 마리가 새끼를 여섯 마리나 낳았다. 다행히도 그걸 알아챈 우리 할머니는 갓 태어난 아이들을 보호해 주기 위해 커다란 상자와 담요를 가져다주었다.

한데 며칠이 지나, 고양이들이 모두 사라졌다.

그렇게 말도 없이 사라져 버린 고양이들을 우리 할머니는 걱정하고 있다. 궁금했지만 무서웠던 나는 그들이 떠나고 나서야 그곳을 들러본다. 얼마 전까지만 해도 우리처럼 일곱 식구의 집이었을 그곳에는 커다란 빈 상자와 우리 할머니 품처럼 따스한 담요만이 쓸쓸하게 남아 있었다.

그들이 어디서든 무사하게 잘 자라길 바라며 지내던 어느 날
안녕이란 말도 없이 사라졌던 어미 고양이가 나타나, 우리 할머니 신발 안에 쥐를 잡아 넣어놓고는 또다시 사라졌다. 그날 이후 고양이를 보게 되면 곧 잡히기 직전 고양이 앞의 쥐보다 더 빠르게 도망쳤고, 그 매력적인 눈이라도 마주칠 때면 오줌을 지릴 정도로 두려움에 떨어야 했다. 그들을 지켜주기 위해 한 행동을 오해하고 해코지했다고 생각했다.

나는 고양이를 좋아하는 건 좋지만 조심하라며 이 이야기를 들려준다. 그러자 그녀는 의외의 말을 한다. 고양이가 쥐를 잡아다 주는 건 은혜를 갚는 행동이라는 것이다.

고양이만도 못한 어리석음에 부끄러워진다.

고양이보다 못한 어리석은 나는
당신에게 은혜를 갚은 어미 고양이가 몹시도 부러워진다.
당신에게 은혜를 갚은 어미 고양이가 몹시도 고마워진다.

나도 당신에게 은혜를 갚고 싶은데

당신이 없다.

당신이

_ 그게 못 견디게 슬펐다

우리 할머니는
매일 새벽 6시면 흰 쌀밥을 짓고 조기 한 마리를 구워 내셨다.

더우나, 추우나, 비가 오나, 눈이 오나, 바람이 부나 그렇게

그보다 이미 한참 전에 일어나
깨끗하게 몸을 씻고, 정갈하게 옷을 차려입고 그렇게

물론
당신의 하나뿐인 아들을 위해서다.

한데
몸이 아파
당신의 하나뿐인 아들을 위한 아침밥을 차리지 못하는 시간이 왔다.

나는
우리 할머니가 아픈 것보다

매일 아침

당신의 하나뿐인 아들을 위한

그 정성스러운 밥상을 차리지 못한다는 사실이 더 슬펐다.

그냥

그게 못 견디게 슬펐다.

_ 간절하게 정말 간절하게

우리는 지금

나를 낳아준 부모를 죽이고
내가 낳은 자식을 죽이는
그런 비극적인 세상을 살아가고 있다.

한 나라의 원수가 시민에 의해 죽임을 당하고
바이러스에 의해 수많은 사람이 죽어 나가고
마약에 찌들어 벌거벗은 채 거리를 활보하고
헤어지자는 말에 사랑했던 연인을 죽이고
살인을 해보고 싶어 정말 사람을 죽이는
그런 비극적인 세상을 살아가고 있다.

말 그대로
영화 속에서나 가능할 거로 생각했던 하루하루를
우리는 살아가고 있다.

그런 영화보다 더 영화 같은 일상을 보내며
난 문득 한 가지 바람을 가져본다.

기욤 뮈소의 『당신, 거기 있어줄래요?』란 소설에 등장하듯
알약 한 알을 먹으면
돌아가고 싶은 그때로 돌아갈 수 있는 그날을

그렇다면 나는 어떤 망설임도 없이
당신과 함께할 수 있던, 그때로 돌아갈 것이다.

그러고는
당신이 그토록 하고 싶었다던 공부를 코피 쏟아가며 밤새워 함께 할 것이고,
당신이 월요일 밤이면 늘 챙겨보던 〈가요무대〉를 함께 보다 잠들 것이고, 당
신이 불러주었다던 이미자의 〈여자의 일생〉을 노래방에서 목이 터져라 함께
열창할 것이고, 당신이 좋아하던 커피 우유가 아닌 카페라테를 마시러 스타
벅스에 함께 갈 것이고, 당신이 가끔 끓여 달라던 라면에 달걀을 두 개나 넣어
줄 것이고, 당신이 목욕할 때면 세신사보다 시원하게 등을 밀어줄 것이고, 당
신이 TV 리모컨을 매번 고장 내도 AI처럼 매번 친절하게 설명해 줄 것이고,
당신이 주차하기 힘든 재래시장에 가달라고 하면 차를 이고 있더라도 함께 갈
것이고, 당신이 좋아하던 연보라색 옷을 옷장 가득 넘치도록 사줄 것이다.

그리고
당신에게 마지막까지 하지 못한 고백을, 매일 밤 할 것이다.

그리고
당신의 그 든든한 품에 꼭 한번 안겨볼 것이다.

'상상은 현실이 된다'라는 말을 떠올리며

이렇게 상상만으로 내 가슴이 뛰는
이렇게 상상만으로 내 죄를 씻는 듯한, 나는

이 말도 안 되는 상상이 현실이 되길
간절히, 정말 간절히 소망한다.

말도 안 되는 코로나바이러스가
우리의 삶을 사정없이 무너뜨리고 우리를 불행하게 해주었듯이
말도 안 되는 간절한 상상이
나의 삶을 우아하게 무너뜨리고 나를 행복하게 해주었으면 한다.

오늘도
나는 이런 상상으로
나의 죄를 씻고 있다.

우리 할머니는 2014년 10월 4일, 우리 곁을 떠나갔다.

난 그것조차 의미를 부여한다.

기깔나게 선명한 노랑 버스를 타고 등원하는
기막히게 유치하고 촌스러운 유치원생 같은 생각이지만

난 그랬다.
우리 할머니가 1004가 되어 떠나갔다고

사랑하는 사람을 떠나보내고는
그런 말도 안 되는 것들에조차 의미를 부여하지 않으면 안 됐다.

그렇지 않으면 내가 버틸 수가 없었다.
그렇지 않으면 내가 견딜 수가 없었다.
그렇지 않으면 내가 살아갈 수가 없었다.

나는 오늘도 1004가 쓰인 자동차 번호판을 보며 생각한다.
천사가 되었을 당신을

디어파더_

당신을 존경합니다 그 누구보다

'나에게 올 수 있는 모든 행운은, 나의 부모님을 만난 것으로 충분하다'

나는
지금껏 이런 생각으로 살아왔고
앞으로도 그런 생각으로 살아갈 것이다.

고백하건대

나는
여태껏 친구들과 장난스레 해보는 그 흔한 가위바위보를 이겨본 적도
덧없는 꿈을 꾸며 일 년에 몇 번쯤 사보는 로또복권에 당첨되어 본 적도
별 기대 없이 재미로 응모해 보는 경품행사에 뽑혀 본 적도 없다.

그리고
이건 가장 슬픈 고백인데 내가 좋아하는 녀석이 날 좋아해 준 적도 없다.

한데
그 사실이 그렇게 속상하거나, 억울하거나, 분하지 않았다.
어쩌면 그게 당연하다고 생각했다.

나의 피, 땀, 눈물로 얻어지는 노력이나 애씀의 결과가 아닌
나의 행운이나 요행을 바라야 하는 것에
내가 더 이상 욕심을 낸다는 건, 말이 안 된다고 생각했다.

우리 아빠, 엄마가
이미 나의 모든 행운이었다.

우리 아빠, 엄마가
이미 나의 모든 기적이었다.

'느그 아부지 뭐 하시노?'

난 어릴 적 이 질문이 참 싫었다.

우리 아빠는 한의사다.
난 어릴 적 우리 아빠가 한의사라는 게 참 싫었다.

내가 초등학교에 다닐 때만 하더라도
새 학년 새 학기가 되면, 새 담임 선생님께서는 이런 질문을 하셨다.

"아버지 직업이 의사인 사람 손들어 보세요."

난 어릴 적 이 질문이 참 난감했다.
우리 아빠는 한의사인데 손을 들어야 하는 건지 말아야 하는 건지 고민했다.

우리 반 녀석들은 모두 눈을 감고 있고 절대로 눈 뜨지 말라는 선생님의 말씀
을 유일하게 처음으로 어기고, 들키지 않으리라 가느다랗게 실눈을 뜨고 조
심스레 주변을 살핀다. 예닐곱 명 정도의 아이들이 손을 들고 있다. 지금 와서
보니 나름 우리 4남매를 사립초등학교에 보내주셨기에 가능한 일이었으리라.

내 손은 어찌할 바를 몰라 헤매고 있는데 선생님께서는 다시 한 번 질문을 하신다.

"아버지가 의사인 사람 손들어."

난 팔을 반쯤 들었다 났다 들었다 났다 혼자 분주하다. 그 질문에 우리 반 녀석 중 유일하게 우물쭈물, 안절부절하고 있다. 마치 그런 나를 향해 말씀하시듯, 선생님께서는 세 번째 똑같은 질문을 하신다.

"아버지가 의사인 사람 손들어."

난 그제야 아주 큰 죄를 지은 것, 마냥 조심스럽게 쭈뼛쭈뼛 한쪽 팔을 들어 올린다. 그제야 그 질문은 그렇게 끝이 난다.

지금 와서 보니
학교 내에서 워낙 유명했던 '이희승'의 동생이란 이유로
아마도 선생님께서는 나의 신상에 대해 어느 정도는 알고 계셨으리라

난 어릴 적 그 이유만으로 우리 아빠가 한의사라는 게 참 싫었다.

아, 한 가지 더하자면
나에 대해 잘 알지 못하는 다른 반 녀석들이

"쟤가 종로에서 제일 유명한 장의사 집 딸이래."라며 이야기한다.

우리 아빠의 한의원이 종로 끝자락에 있는 건 맞았지만
그저 많고 많은 한의원 중 한 곳이었고 장의사는 더더군다나 아니었다.

이제 고작 열 살 남짓
그저 귀동냥으로 어디선가 누군가에 얻어들었을 가십이 진실이 되어 나에 대
한 잘못된 이야기를 함부로 지껄여 대는 게, 그 어린 나이에도 싫었을 것이다.
그래서 난 우리 아빠가 한의사라는 게 참 싫었다.

어느새 나는 중학생이 되어
엄마가 아닌 친구들과 버스를 타고 종로를 가본다.
아마도 그때는 유일했던 한 대형서점을 가기 위해서였으리라. 친구들은 우리
끼리 처음으로 놀러 나온 곳곳에 대해 신나 하고 신기해하는데, 나는 가는 곳
곳마다 장의사 간판을 찾았던 기억이 있다. 존재 여부도 알 수 없었을 그게 왜
궁금했었는지는 지금도 잘 모르겠다.

어느새 우리 언니는 결혼할 나이가 되었고
나는 그녀가 한의사란 직업을 가진 남자와 결혼하길 바랐다.
넷이나 되는 자식들이 아무도 당신의 길을 이어가지 못했다는 죄책감이 가장

컸겠지만, 그녀가 행복하길 바랐으리라.

어느새 우리 아빠가 한의사라는 게 자랑스럽다, 여기고 있었다.
이 세상의 모든 자식이 아버지의 세월을 따라가며
아버지의 일을 동경하고, 존중하고, 자랑스러워하듯 나 또한 그러했으리라.
한의사라는 직업이 자랑스러운 것이 아니라
우리 아빠가 한의사이기 때문에 자랑스러운 것이리라.
우리 아빠가 무슨 일을 했든, 난 그 일이 가장 자랑스러웠으리라.

지금 와서 보니

한의사는
아픈 사람을 아프지 않게 돌봐주는 것을 업으로 하는 사람이고
장의사는
죽은 사람을 무탈하게 잘 보내주는 것을 업으로 하는 사람이다.

한 사람은 산 사람을
한 사람은 죽은 사람을 잘 보살피는 일이다.

결국 사람을 보살피는 일이다.

어찌 보면 크게 다를 것도 없는 일이긴 한 것 같다.

나는 지금도 종로에 가면

종로에서 제일 유명하다는 장의사 간판을 찾고 있다.

아직도

여전히

가끔은

내가 어른이 되는 순간은

'당신은 존경하는 사람이 누구입니까?'라는 물음에, 대답이

세종대왕
이순신 장군
빌 게이츠
스티브 잡스
마이클 조던이 아닌

'나의 아버지'가 되는 순간이다.

남동생의 결혼을 앞두고 우리 아빠와 우리 엄마는 삐그덕댄다.

그 삐그덕거림의 이유는 어이없게도
우리 아빠는 며느리 될 아이에게 롤렉스 시계를 선물해 주고 싶다는 것이고
우리 엄마는 지극히 평범한 두 집안의 지극히 평범한 남녀가 만나 결혼하는
데, 서로 부담스러울 것을 걱정해 적당히 했으면 하는 것이다.

나는 아무리 반대해봤자 우리 아빠의 고집을 꺾을 수 없을 거란 걸 진즉에 알
았는데, 우리 엄마도 모르지는 않았으리라. 결국 그녀는 20대 후반에 롤렉스
시계를 결혼선물로 받는다. 젠장.

어느 날
우리 엄마가 "채령아!" 하며 날 부르는 소리에 안방으로 향한다.

무슨 동네 금은방 주인이라도 되는 것, 마냥
온갖 보석들을 나열해 놓고는 그 앞에 눈을 반짝이며 보란 듯 앉아 있다.

우리 아빠가 매년 결혼기념일이면 선물해 준
어쩌면 이제는 우리보다 더 가치 있는 보물이리라.

그녀는 "너 갖고 싶은 거 있으면 가져가."라며 한마디 한다. 우리 언니였다면
이 빛나는 보석들보다 더 반짝이는 눈으로 탐을 냈을 테지만, 아무래도 나에
겐 어울리지 않는 낯익은 보석들 앞에서 별로 흥미 없다는 듯 외면한다. 한데
익숙한 보석들 맨 가장자리에 지금껏 한 번도 보지 못했던 마치 동묘시장에서
나 볼 법한 엔틱한 메탈 시계 하나가 눈에 들어온다.

"어, 이거 뭐야."라며 오래된 시계를 집어 들자
'ROLEX'라는 선명한 글자가 맘에 들어온다.

수십 년의 세월이 더해져 보다 멋지게 색이 바랜 이 오래된 시계는
외할아버지께서 아빠에게 선물해 준 결혼예물이라고, 엄마는 말해준다.

그 옛날 나름 동네 유지라 불렸다던 외할아버지의 둘째 딸이었던 우리 엄마.
그리고 가장의 역할 따위는 안중에도 없었다던 무심한 할아버지 탓에 할머니
혼자 외롭게 키워낸 하나뿐인 아들이었던 우리 아빠. 이들은 두 집안을 잘 알
고 있는 이의 소개로 만나 결혼에 이르렀고, 외할아버지는 당신의 사위에게
롤렉스 시계를 결혼선물로 해 주셨단다. 물론 우리 아빠는 엄마에게 그런 값
비싼 시계를 선물해 줄 형편이 되지 못했다.

그렇게 결혼예물임에도 한 쌍이 아닌

남자 시계 하나만이 덩그러니 외롭게 보석들 틈에 자리하고 있었다.

처음으로 엄마의 보물 중 하나를 가져본다.
나보다 많은 세월을 지나왔을 그 시계를 품에 안고 내 방으로 돌아오며 많은
생각이 스친다.

우리 아빠가 엄마의 일리 있는 주장을 굳이 굳이 외면하면서까지 당신의 며느
리에게 과분한 시계를 선물해 주려 했던 그 마음이 조금은 이해가 된다. 어쩌
면 그 진심은 당신과 당신의 첫째 며느리만이 알고 있을지 모른다.

하나를 받으면 열 개를 갚아야 하는 당신이
그 과분한 시계를 받고는 가졌을 무게감을 되새겨 본다.

분에 넘치는 시계의 무게가, 당신이 안고 지나온 세월의 무게는 아니었을까
분에 넘치는 시계의 가치가, 당신이 품고 지나온 무거운 책임감은 아니었을까

당신이 안고 지나왔을 그 무거운 책임감을
고스란히 당신의 며느리에게 느끼게 해주고 싶었던 건 아닐까

물론 시계의 무게 때문은 아닐 테지만
물론 시계의 가치 때문은 아닐 테지만

그녀는 잘해주고 있다.

당신이

당신의 아내에게

아내의 가족에게

그러했듯

결혼기념일이면

우리 아빠는 엄마에게 고집스럽게 보석을 선물해 주었다.

그녀가 무슨 동네 금은방 주인이라도 되는 것, 마냥 나열해 놓은 모든 것이다.

그 마음을 이제야 헤아려 본다.

우리 엄마의 아빠

외할아버지의 깊은 사랑을 이제야 헤아려 본다.

'이 세상에서 가장 따뜻한 팔은

내가 태어난 그 순간에도

내 팔을 감싸주었고

내 팔을 다른 남자에게 넘겨줄 그 순간까지

내 팔을 꼭 끼고 있을

그리고

힘이 다할 때까지 그 어떤 상황에서도

내 팔을 놓지 않을

내 아버지의

우리 아빠의 팔이란 걸'

출처를 알 수는 없지만

한참 싸이월드에 빠져 지내던 시절 모은 글이다.

나의 오랜 친구 승영이가 결혼하던 날

이 글로 대신해 그녀의 결혼을 축하해 준 기억이 있다.

다행히도 싸이월드가 복구되어 나의 일기장에서 이 글을 찾을 수 있었다.

나는 지금껏 살아오면서 결혼이란 걸, 굳이 생각해 본 적이 없다.

A4 한가득, 빈틈없이 빼곡하게 수백 가지의 이유를 나열할 수 있겠지만
사실 우리 아빠의 손을 잡고 버진 로드를 걸을 자신이 없다.

어찌, 그 길고 긴 세월을 나를 위해 모든 걸 바친 당신의 손을 잡고

그 좁은   길을 걸으며
그 짧은 시간을 지나며
그 벅찬 박수를 받으며

당신의 꼭 잡은 두 손을 놓을 수 있는 건지, 난 자신이 없었다.

대학 동기의 늦은 결혼식에서 만난 나와 같은 처녀자리인 영선이는
그래서 신부 입장을 보지 않는다고 한다. 그녀도 너무 눈물이 흘러서

이 세상의 모든 남자는 알아줬으면 한다.

그 길고 긴 세월 동안
그 모든 걸 다 주고도 미안해하는
그 목숨보다 귀한 딸을
당신에게 보내준다는 걸

부디

아버지의 사랑을 대신해 주길

간곡하게

청해본다.

태어나서 처음으로 남의 돈을 벌어보겠다고, 첫 출근한 날
내가 출근한 지 한 시간도 지나지 않아 사장님은 퇴근 준비를 하신다.

나의 첫 아르바이트는 우리 학교가 있는 명동의 번화한 골목 안, 어느 액세서
리 가게였다. 명동은 「내가 인생에서 유일하게 사랑하는 시절」을 온전하게 품
고 있는, 유일한 곳이다.

그때도 지금도

대학생이 되고 첫 여름방학이 시작될 즈음
명동 거리를 돌며 '아르바이트 구함'이라는 메모가 붙은 곳곳을 돌며 그 자리
를 구했을 것이다. 지금처럼 인터넷 플랫폼을 통해 일자리를 구한다는 건 상
상도 하지 못 하던 시절이었으니까

'아르바이트 구함'이란 메모를 보고도 섣불리 들어갈 용기가 나지 않아 단정한
매장 앞을 기웃거리기만 하다. 다음 날 수업이 끝나고 다시 찾아가 손자국 하
나 없는 유리문을 용기를 내어 조심스레 열고 들어간 날. 단정한 매장과는 사
뭇 다른 화려한 머리를 한 사장님을 처음 마주했고 몇 마디 주고받고는 약속
한 첫 출근한 오늘, 두 번째 마주했다.

아르바이트 이력이라고는 단 한 줄도 없는 깃털보다 가벼운 이력서 한 장이 고작 나란 사람에 대한 전부일 텐데, 한 시간도 안 되는 동안 나눈 고작 몇 마디 대화가 전부일 텐데, 기껏 몇 가지 공지 사항만 전달해 주시고는 그렇게 가 버리셨다.

난 설마 했지만 정말 그렇게 가버리셨다.

이제 와 고백하건대
남자친구 혹은 남편의 바람난 현장을 덮치러 가는 줄 알았다.
그게 아니고서는 어떻게 이렇게 무책임하게 가버릴 수 있는 것인가

그렇게 스무 살이 넘어 처음으로 사회에 발을 내디딘 나는, 세상에 홀로 남겨진다. 이름도 성도 모르는 고작 두 번 마주한 사장님의 가게를 지키기 위해

사실 사장님도 없는 이 단정한 매장을 혼자서, 얼떨결에, 무턱대고 지키고는 있지만, 난 그저 모든 게 겁이 났다.

그래서였을까

이제 와 고백하건대
이 단정한 매장에 아무도 들어오지 않기를 간절하게 기도하고 있다. 이력서에 이력 한 줄 없는 나를 묻지도 따지지도 않고 고용해 준, 정말로 남자친구 혹은 남편의 바람난 현장을 덮치러 갔을지도 모를 화려한 머리를 한 고마운 사장님

이 이 사실을 알면 기가 찰 노릇이리라.

암튼 난 이름도 성도 모르는 고작 두 번 마주한 사장님의 가게를 지키고 있다.

내 생애, 첫 손님이 들어온다.

내가 그랬듯 손자국 하나 없는 유리문을 조심스레 열고 이 단정한 매장에 꽤 잘 어울리는 회색 정장에, 넥타이까지 단정하게 차려입은 남자 손님이다. 그 때는 정장을 입으면 다 아저씨인 줄 알았는데 이십 대 후반 또는 삼십 대 초반 정도의 젊은 청년이었을지도 모르겠다.

떨리는 첫인사를 할 새도 없이 문을 열면서 다짜고짜 여자친구에게 선물할 목걸이를 추천해 달란다. 아마도 혼자 액세서리 매장에 들러 여자친구의 목걸이를 고르기엔 몹시도 쑥스러웠던 게 아닐까. 내가 아르바이트 구함이란 메모를 보고도 섣불리 용기가 나지 않아 망설였듯이 이 손님도 그렇게 망설이지 않았을까, 내 멋대로 짐작해 본다.

그렇게 용기 내어 들어왔을 테지만

애석하게도 오늘 난 이 매장에 첫 출근이고, 그는 내 생애 첫 손님이다. 다시 말하자면 이 손님이나 이 알바생이나 시선이 머무는 곳곳 수많은 액세서리를 처음 마주하고 있다는 것이다. 다시 말하자면 이 손님보다 고작 한 시간 남짓 전에 이 매장에 들어왔다는 것이다.

나는 그의 여자친구에게 선물할 목걸이를 추천해 주기 위해 최선을 다해 고민 하는 척하고 있지만, 등줄기에선 샤워기에서 물줄기 쏟아지듯 땀이 쏟아지고 있다. 내가 우리 학교의 그 유명한 연극과 학생이었다면 끝장나게 연기할 수 있었을 텐데, 더 이상 아무것도 모르면서 아는 척하기엔 몹쓸 짓이라고 생각한 나는 솔직해지기로 한다. 사실 이 매장에 오늘 첫 출근이고 당신이 나의 첫 손님이라고. 그렇게 나의 치부를 아낌없이 까발리고는 여자친구의 취향은 어떤지, 어떤 머리 모양을 하고 있는지, 어떤 스타일의 옷을 즐겨 입는지 궁금해하며 진심으로 함께 고민하고 고민한다.

그렇게 생애 첫 알바생과 그녀의 생애 첫 손님은 사장님과 나눈 고작 몇 마디 대화보다 더 많은 대화를 주고받으며 한여름, 한겨울 같은 에어컨의 빵빵한 찬바람 앞에서도 서로의 굵은 땀방울을 확인하며 서로의 진심을 담은 목걸이 하나를 고른다.

애석하게도 손재주까지 별로인 나는
그럼에도 정성을 다해 펜던트가 돋보일 수 있게 어찌어찌, 이래저래, 겨우겨우 작은 상자에 담아 내 생애 첫 손님의 마음이 고스란히 전해지길 진심으로 바라며 예쁜 리본으로 포장을 마무리한다. 그저 첫 알바생과 첫 손님으로 만난 스쳐 지나는 인연일 테지만, 부디 내 생애 첫 손님의 여자친구에게 우리가 흘린 땀의 수고가 진심으로 닿길 바라고 바라본다.

그렇게 나는 처음으로 돈을 벌어 혼자서, 얼떨결에, 무턱대고 지키고 있는 사장님의 금고를 채운다. 돈은 남이 벌어준다. 라는 말을 실감하며

첫 손님을 마주하고 모든 힘을 다 쏟아버린 나는

내가 사장이었다면 우리 사장님처럼 셔터 내리고 퇴근했으리라. 하지만 나는 오늘 첫 출근한, 일개 알바생이었다. 쏟아진 땀방울이 채 마를 새도 없이 두 번째 손님을 마주한다.

캐주얼한 차림의 남여 커플이 유리문을 열고 들어온다.
어쩌면 첫 손님의 손자국이 찍혀 있을지도 모를, 그 손자국을 미처 닦지 못해 단정한 매장이 꽤 방정맞아 보이지는 않았을지를 걱정하며 인사하는 내게, 남 자는 여자친구의 귀를 뚫으려 한다며 친절하게 설명하고 사이좋게 귀걸이를 고르고 있다.

내가 그렇게 가버린 사장님을 가장 원망한 순간이었다.

진열된 상품을 보여주고, 설명하고, 제안하고, 공감하고, 결제하고, 포장하고, 정리하고, 진열대와 유리문의 손자국을 입김을 불어가며 닦고, 바닥을 먼지 하나 없이 깨끗하게 치우고, 유리문에 눈치도 없이 손자국을 내며 오고 가는 많은 사람에게 친절하게 인사하고, 이 정도의 노동은 나름 20년을 살아온 짬 밥으로 어떻게든 해결할 수 있을 거로 생각했다.

한데 귀를 뚫어줘야 한단다.
판매직으로 생각했던 일이 갑자기 기술직으로 바뀌는 순간이었다.

아무리 작은 구멍이라지만 누군가의 신체에 구멍을 낸다는 것이 과연 내가 할 수 있는 일인가를 고민한다. 사장님은 퇴근 준비를 하시며 그저 아무 일도 아니라는 듯, 대수롭지 않게 귀를 뚫는 방법을 설명하고 계신다.

세상 용감하게 생겼지만, 세상 겁 많은 난 미칠 노릇이었다.
하지만 난 오늘 첫 출근한, 일개 알바생이었다.

채 마르지도 않은 옷 사이로 또다시 식은땀이 흐른다. 하마터면 오늘 아침에
입고 나올 뻔한 회색 티셔츠를 입지 않은 것이 천만다행이었다.

어느새 나는
내가 그토록 원망하던 사장님의 모습 그대로 태연하게 행동하고 있다. 사장님
이 고작 한 번 읊어준 이후로 머릿속으로 수백 번은 시뮬레이션해 본 그대로
귀 뚫는 것쯤 아무 일도 아니라는 듯, 대수롭지 않게 그렇게

1. 귓불 중심에 점을 찍는다
2. 귓불을 마사지해 준다
3. 귀걸이 침을 소독해 준다
4. 총에 귀걸이를 꽂는다
5. 총의 총구를 점을 찍은 곳에 정확하게 대고 총을 쏜다
6. 귀를 소독해 준다
7. 피가 날 수도 있으나 곧 멈춘다

이제 와 고백하건대
총을 쏠 때 나는, 마치 내 심장에 총을 쏘는 것만 같았다.

세상 용감하게 생겼지만, 세상 겁 많은 난 미칠 지경이었다.

다행히 귀를 뚫는 그녀도 그걸 지켜보는 남자친구도 모두가 눈을 감아주었기에, 나의 떨림을 들키지 않았으리라.

아직도 그때 내가 한 행동이 옳은 것인지 잘 모르겠다.
그저 나에게 주어진 일이었기에 감당해 내야 하는 몫이라고만 생각했다.

그리고
나는 돈을 벌어 우리 할머니, 아빠, 엄마에게 빨간 내복을 선물하고 싶었다.
이건 아주 어릴 적부터 가슴에 품고 있던 작은 소원이었다.
내가 지금, 이곳에서 아르바이트하는 모든 이유였다.

그렇게
태어나서 처음으로 남의 돈을 벌어보겠다고, 첫 출근한 날
나는 20년의 세월을 살아온 그 어설픈 경험으로 어떻게든 살아남기 위해 나름의 발버둥을 치고 있었다.

그리고
태어나서 처음으로 남의 돈을 벌어보겠다고, 첫 출근한 날
그제야 깨닫는다.

우리 아빠가 나를 위해 버텨왔을 그 고된 세월을

이 세상의 모든 아버지가 우리를 위해 견뎌왔을 그 모진 세상을

결코 쉽지 않았을 당신이 살아온 모든 시간을

그렇게 하루하루 우리의 아버지를 떠올리며
그렇게 하루이틀 이력서의 알바 경력 한 줄을 채워가고 있다.

출근하자마자 깨끗하게 닦아놓은 유리문을 열고 누군가 들어오며 인사한다. 나의 인사와 함께 마주한 그는, 내 생애 첫 손님이다. 여전히 깔끔한 정장 차림으로 단정한 매장에 잘 어울리는 단정한 모습으로 그렇게 서 있다.

첫날 그랬듯, 문을 열자마자 묻지도 않았는데 말한다. 직장이 이 근처라 점심을 먹고 지나가다 잠시 들렀단다. 그날 우리의 진심을 담아 고르고 고른 목걸이를 여자친구는 너무도 맘에 들어 했고, 함께 애써준 나에게 고맙다는 말을 꼭 하고 싶었단다. 그러고 보니 그날도 점심시간을 빌려 이 매장을 들렀던 것 같다. 내가 첫 출근하고, 사장님께서 한 시간도 채 지나지 않아 퇴근하시고 그리고 내가 맞이한 첫 손님이었으니까, 얼추 그 시간쯤이었으리라.

직장인들의 빠듯한 한 시간의 점심시간을 굳이 할애해
이곳을 다시 찾아준 내 생애 첫 손님

덕분에

우리의 아버지가 지내왔을 그 고된 세월이, 그 모진 세상이

그렇게 외롭지만은 않았을 거라고

감히 위로받는다.

벌써 여덟 번째 달력을 마주한다.
8월의 여름이 깊어진 만큼 더위도 절정이었고, 휴가도 절정이었다.

그렇게 무더위가 깊어 절정을 이룬 며칠 전
이 무더위만큼이나 기량이 절정에 다다른 세계적인 축구 선수들이 우리나라를 방문했다.

나는 한 대형 플랫폼에서 주최한 이 프로모션에
그 값비싼 몸값의 선수들을 보기 위해, 그 값비싼 돈을 지불하고, 그 절정의 무더위를 이긴 채 근거리에서 그들을 마주한 부러운 이들이, 마치 적선하듯 올려놓은 수많은 영상을 찾아본다. 그리고 우리나라에 너무도 호의적이었던 그들을 SNS 팔로우도 한다. SNS라고는 게시물도 하나 없고 계정만 있는 상태였지만 내가 좋아하는 레알 마드리드의 선수들과 (물론 이젠 내가 좋아하는 크리스티아누 호날두와 세르히오 라모스는 없다.) 내가 사랑하는 일에 대한 예의로 몇몇 패션 브랜드를 팔로우하고 있었다. 거기에 더해 엘링 홀란, 케빈 데 브라이너 선수를 팔로우한다. 매일 그들을 염탐하는 부지런한 사람은 못될 테지만 내가 그들에게 고마움을 표현할 수 있는 유일한 방법이라고 생각했다. 그래봐야 고작 수백만 명의 팔로워 중 한 사람일 테지만 그렇게 별 대수롭지 않은 일상을 보내고 집으로 들어가는 길에 우리 집 지하 2층에 있는 한 과일 주스 전문점을 들른다. 단지 길을 걸었을 뿐인데도 이마에 땀이 솟구치는 35도를 웃도는 무더운 날씨였기에 이 무더위를 피해 얼음 가득한 아이스 아메리카노 한잔을 마시며, 요즘 읽고 있는 『벚꽃 지는 계절에 그대를 그리워하네』이 아름다운 제목의 책을 읽고 싶어서이다.

일본의 조용하고도 상냥한 정서를 좋아하는 나는, 일본 작가의 책을 검색하던 중 알게 된 이 아름다운 제목의 책을 절반 정도 읽은 상태다. 아름답고도 아련한 제목에 이끌려 읽기 시작했지만, 내용은 제목과는 사뭇 다른 추리소설이었고 기막힌 반전을 기대하고 있다.

지상 1층에 아침부터 저녁까지 사람들로 북적한 메이저 브랜드의 카페들이 몇개나 들어서 있지만 나는 조용하고도 작은 이 공간을 택한다. 잠시 머무르기엔 가격도 친절하다.

아직까진 키오스크가 설치되지 않아 작은 체구의 앳된 아르바이트생에게 아이스 아메리카노 한잔을 주문하고 보니, 그날따라 카페 안이 몹시도 북적인다. 반 층 정도 되는 계단을 올라가면 다락 같은 공간이 있어 그 구석으로 자리 잡을 심산이었는데 얼핏 보니 안쪽까지 사람들로 가득 차 있는 듯하다. 이들에게도 절정의 무더위를 피하기에 아마도 꽤 적당한 장소였으리라.

주문한 얼음 가득한 아이스 아메리카노 한잔을 받아 들고, 다락 같은 2층의 공간을 좀 더 깊숙이 살피려고 계단을 반쯤 올라가 안쪽 구석까지 가득 채워진 사람들을 내 눈으로 확인하고서야 다시 계단을 내려온다.

그때 계단 아래 작은 테이블에 자리 잡고 앉아 계시던 노부부가
나를 보며 말씀하신다.

"아이고, 위에 자리가 없나 보네."

난 그저 어색하고도 쑥스러운 웃음을 지어 보이며 작은 카페 안 유일하게 비
어 있는 노부부 옆, 또 다른 작은 테이블에 자리를 잡고 앉는다.

내가 찝찝한 종이 빨대로 쓰디쓴 아메리카노를 몇 번이고 홀짝이며
내가 범인이 누구일까를 궁금해하며 책장을 몇 장이고 넘기는 동안에도
노부부는 간간이 몇 마디 대화만 주고받을 뿐 그저 재미없게 시간을 보내고
계신 듯하다.

그렇게 노부부의 재미없는 시간이 지나고 있는데, 다락 같은 2층의 대부분 공
간을 차지하고 있던 남학생들 한 무리가 시끌벅적 요란하게도 내려온다. 모바
일 게임에 온 정신을 쏟고 있던 여드름 가득한 사춘기 소년들이 계단이 부서
져라, 씩씩하고도 기운차게

나는 캐나다에 가 있는 벌써 열다섯 살이 된 우리 재원이가
나는 대치동으로 가버린 벌써 열네 살이 된 우리 상윤이가 보고 싶다.
벚꽃 지는 계절도 아닌데, 그대들이 그립다.

그렇게

이 아름다운 책의 제목처럼 사랑하는 이들을 그리워하고 있는데

그때 계단 아래 작은 테이블에 자리 잡고 앉아 계시던 노부부가

여드름 가득한 사춘기 소년들을 바라보며, 또 한마디 하신다.

"아이고, 이제 집에 가나 보네."

이 한마디를 하시고는 또 한참을 그렇게 재미없는 시간을 보내고 계신다. 그
래도 가끔은 서로의 핸드폰을 함께 바라보며 당신의 아들딸을, 그나마 가장
높은 데시벨로 당신의 손자, 손녀들에 대해 말씀하시는 듯하다. 참으로 조용
하고 상냥하게, 그저 책을 읽고 있을 뿐인 낯선 나를 배려하며

나는

사실은 못 본 척했지만

사실은 못 들은 척했지만

이 아름다운 제목의 책장을 한 장 한 장 넘기면서도

이 찝찝한 종이 빨대를 통해 빨려 들어오는 씁쓸한 아메리카노 한 모금 한 모
금을 삼키면서도

이 노부부의 재미없는 시간이 몹시도 신경 쓰였다.

노부부는

모든 것이 여유롭지만

모든 것이 무료하다.

그리고

그 여유로운 모든 시간조차
그   무료한 모든 시간조차
당신의 아들, 딸을
당신의 손자, 손녀를
향하고 있다.

여드름 가득한 사춘기 소년들의 시간을 마구 빼앗아 버린 모바일 게임도
좋아하는 축구 선수들을 마음껏 들여다볼 수 있는 SNS 따위도
노부부에게는 아무 의미도, 아무 재미도 없다.

물론
벚꽃 피는 청춘에 만나
벚꽃이 피고 지는 수십 년의 세월을 함께 보내오며
벚꽃이 지길 기다리는 노년의 시간까지

이 모든 시간을
서로가 함께하고 있다는 사실 하나만으로
이 노부부는 더할 나위 없이 아름답다.

이 아름다운 책의 제목 따위는 비교도 될 수 없을 만큼

그럼에도 나는
이 더할 나위 없이 아름다운 노부부가, 더할 나위 없이 슬펐다.

그렇게
그날따라 사람들로 북적였던 지하 2층 과일주스 전문점에서
옆자리의 아름답고도 슬픈 노부부가 신경 쓰여 미처 다 읽지 못한
이 아름다운 제목의 책 마지막은, 이렇게 끝이 난다.

「인생의 황금시대는
 흘러가 버린 무지한 젊은 시절에 있는 것이 아니라
 늙어가는 미래에 있다.」

나는
문득
생각한다.

나는
벚꽃 피는 계절에도

벚꽃 지는 계절에도

벚꽃이 피고 지길 기다리는 모든 계절에도

당신을

그리워할 것이다.

이 세상

가장 아름답고도 슬픈

나의 노부부

우리 아빠, 엄마를

당신의 늙어가는 미래를 응원한다.

_ 당신은 그럴 자격이 있다

우리 할머니는
매일 새벽 6시면 흰 쌀밥을 짓고 조기 한 마리를 구워 내셨다.

당신의 하나뿐인 아들을 위해서다.

그게 우리 엄마는 늘 불만이었다.
결혼하고는 단 한 번도 남편의 아침 밥상을 차려보지 못했으니

그 시절엔 흔치 않았을 외아들의 엄마와 함께 사는 것만으로도 결코 쉽지 않
은 여정이었을 텐데, 그 시간 속에 본인이 꿈꿔오던 아내로서의 역할도 포기
해야만 했던 우리 엄마였다.

그런 그녀는 이제 와 다 늙어서
그때 못한 아침 밥상을 차리느라 매일매일 애쓴다.
이젠 대신 밥상을 차려줄 시어머니도 없다.
어느 날은 볼멘소리를 하기도 하지만 그래도 참 정성이다.
어쩌면 그때 해보지 못했기에 지금 그렇게 정성을 다하는 건 아닐까
문득 우리 할머니의 큰 뜻은 아니었을까, 그녀 몰래 생각해 본다.

언제부턴가 '삼식이'라는 말로
우리의 늙어버린 아버지들을 우습게 만드는데
난 그 말이 참 별로다.

우리의 아버지에겐 세상에서 가장 정성스러운 한 끼를 먹이기 위해
하루하루를 살아온 엄마가 있었다.

그리고
그 정성스러운 밥심으로
가족을 위해 모든 걸 바친 우리의 아버지가 있다.

그리고
이제야 다 늙어서 조금은 편안하게 시간을 보내보려 한다.

비록
당신에게 정성스러운 밥 한 끼를 차려주던 엄마는 없지만

우리의 아버지들이여
그저 눈치 보지 말고
아침이든, 점심이든, 저녁이든, 간식이든, 야식이든, 맘껏 즐겨라.

당신은 충분히 그럴 자격이 있다.

우리의 어머니들이여
당신도 충분히 쉴 자격이 있다.

그러니, 적당히 타협하길
부디

01.

여름이 시작될 때쯤이면
우리 집 식탁 위엔 못난 살구가 한 바구니 담겨 있다. 크기도 모양도 제각각인 분명 돈을 주고 살 수 있는 모양새가 아닌, 우리 할머니가 좋아하던 선명한 주황의 능소화보다 훨씬 청순한 연한 살색을 띤 못난 살구가 먹음직스럽게 바구니 한가득 담겨 있다. 언제부턴가 몇 년째 그렇게, 이 못난 살구가 여름이 왔다는 사실을 알려주고는 했다.

난 이 못난 살구의 정체가 궁금했다.

엄마에게 물었다.

"너 기억하니? 이 기사님."

난 기억을 더듬어 키가 크고 점잖으셨던 그분을 떠올린다.

그 기억 속의 이 기사님 사모님께서
당신의 집 살구나무에 살구가 열매를 맺으면 직접 딴 살구를 매년 여름이 시작될 때쯤, 우리 집에 그렇게 한 바구니 가져다주신단다. 지하철로 세 정거장 정도 되는 거리를 자전거를 타고 한참을 달려와 그렇게

여름이 시작될 무렵

나는 근사한 우리 집에 혼자 남겨져 있다. 딩동, 누군가 벨을 누른다. 하루에도 몇 번씩 벨을 누르고 도망가는 짓궂은 초등학생의 장난일 것으로 짐작한다. 아이들의 장난에 매번 허탕을 치지만 내 방을 나와 거실의 커다란 유리창 너머로 밖을 내다보니, 대문 틈새로 자전거 한 대가 보인다. 인터폰을 통해 '누구세요?'라고 묻자, 아무 말이 없다. 작은 화면에 비치는 얼굴도 익숙하지 않다. 문득 엄마의 말을 떠올리며 누군지도 모르는 사람에게 겁도 없이 문을 열어준다.

한데 문이 열렸음에도 대문 밖에서 기다린다.

슬리퍼를 신는 둥 마는 둥, 급하게 돌길을 따라 마당을 가로질러 뛰어나간다. 그러자 종이가방 한가득, 크기도 모양도 제각각인 못난 살구를 들고 서 있다.

파란색 청량한 이온 음료 광고에나 등장할 것만 같은 수줍은 소녀처럼, 크기도 모양도 제각각인 못난 살구를 가득 실은 종이가방을 자전거에 싣고 이곳까지 달려왔으리라. 난 시원한 음료라도 대접하고 싶은데 한사코 거절한다. 달콤한 살구 향이 가득한 종이가방만 수줍게 건네고는 뒤돌아 간다. 그녀의 수줍은 미소가 곧 다가올 여름의 햇살보다 더 따스하다.

크기도 모양도 제각각인 이 못난 살구의 맛은, 달콤하다 못해 너무도 사랑스

럽다.
그녀의 따스한 마음만큼이나

그렇게 매년 맛보던 살가운 살구의 맛을
이곳으로 이사를 와서는 맛보지 못한다. 우리 집 담벼락의 능소화보다 훨씬
청순했던 연한 살색을 띤 살구를 볼 때면, 여전히 자전거를 타고 종이 가방 한
가득 살구를 싣고 왔던 그 수줍은 모습이 떠오른다.

02.

따르릉따르릉

설날 아침, 아홉 시가 되자 집 전화벨이 울린다.
우리 아빠 한의원에서 청년 시절을 보낸, 필우 아저씨다.
당신의 청춘을 모조리 바치고 미국으로 이민을 떠난 세월이 30년을 넘긴다.
그럼에도 여전히 설날 아침, 추석 아침이면 안부 전화를 걸어온다.
아홉 시 땡 치면 뉴스가 시작되듯, 1초의 오차도 없다.

그저 잘 지내냐는 안부 인사가 전부고, 고맙다는 인사말이 전부다.

예전엔 그와 그의 대화가 참 멋없다, 생각했다.
지금은 그와 그의 대화가 이보다 멋질 수 없다, 생각한다.

어렸을 적, 우리 아빠 한의원에서 찍은 사진 속에 필우 아저씨가 있다.

참 젊고 반듯한 청년의 모습으로

이젠 그 젊고 반듯했던 청년도, 멋진 할아버지가 되었을 거다.

우리의 기억 속에, 당신이 그토록 멋진 사람이듯

당신의 한국에서의 추억 속에, 우리 아빠가 좋은 어른으로 남아 있길 바라본다.

당신의 안부 전화에

당신의 오랜 진심에

당신의 지난 청춘에

진심으로 감사드린다.

디어마더_

당신을 사랑합니다 나보다 더

_ 엄마

내 삶이 당신의 인생이었고
내 인생이 당신의 삶이었을

당신

_ 그게 슬퍼서 울었다

나의 조카 상윤이가 태어나던 날

나의 하나뿐인 언니는 엄마가 되었고
나는 상윤이의 하나뿐인 이모가 되었다.

그 경이로운 사실이
그 비교 불가한 행복이
그 말도 안 되는 기적이

나는
좋아서 울었고

나는
슬퍼서 울었다.

우리 엄마가
할머니가 되었다.

익숙지 않은 동네에서 버스를 기다리고 있다.
혹여라도 버스를 거꾸로 타는 실수를 할까, 유심히 버스노선을 살피는 내게
정류장 한편의 긴 의자에 홀로 앉아 계시던 아주머니께서 말을 건네신다.

"저기, 나 여기 좀 봐줄래요?" 하시며
갑자기 고개를 숙이고는 머리 뒤통수를 내미신다.

"어제 혼자서 염색했는데, 뒤가 잘되었는지 볼 수가 없어서." 하시며
말끝을 흐리신다.

가뜩이나
익숙지 않은 동네에서 난생처음 보는 사람이 불쑥 내민 뒤통수에 조금은 당황
했고, 가뜩이나 겁나는 세상에 혹여라도 다른 의도로 말을 걸어오는 수상쩍은
사람일지도 모른다는 생각에, 조금은 퉁명스럽게 민망하게 내밀어진 뒤통수
따위는 제대로 쳐다보지도 않은 채 "잘되었네요."라는 무성의한 짧은 한마디
를 건넨다.

또 무언가
말을 건네시려는 아주머니에게 이번엔 내가 조바심 가득한 뒤통수를 보이며, 때

마침 오는 유심히 살피던 노선의 버스를 급하게 올라타고는 그 자리를 떠나온다.

아주머니는
여전히 버스 정류장 한편의 긴 의자에 홀로 앉아 계신다.

급하게
올라탄 버스를 타고 오며 그 상황을 찬찬히 되돌려 본다. 한데 수상쩍은 사람일지도 모른다는 미심쩍은 생각으로 몹시도 퉁명스러웠던 몹시도 못돼먹었던 나의 행동에 몹시도 후회한다.

어쩌면
아주머니에게는 그런 일상을 주고받을 가족이 아무도 없었는지 모른다. 아니면 가족이란 관계 속에 함께 살고는 있지만 각자의 일상이 버거워 그런 이야기를 주고받을 여유가 없었는지도. 그렇기에 미처 손이 닿지 않는 곳까지 아등바등 팔을 뻗어가며 염색약을 칠하고서는 그 뒷모습이 몹시도 궁금하셨으리라. 그리고 아무도 없는 외로운 버스 정류장에 불현듯 나타난, 딸 또래의 나에게 용기 내셨으리라.

난 늘 우리 엄마에게 그렇듯
난 또 따뜻하지 못한 나를 후회한다.

아주머니는
여전히 버스 정류장 한편의 긴 의자 끝자락에 그렇게 홀로 앉아 계셨다.

_ 그녀도 딸이었다

누군가, 나에게 인생의 영화 한 편을 묻는다면
나는 망설임 없이 영화 〈집으로〉라고 답한다.

눈물 꽤나 쏟아내야 하는 할머니와의 그리운 이야기가 기억에 남아서도
유승호 배우의 어린 시절이 미친 듯이 사랑스러워서도 아니다.

정확한 기억일지는 모르지만
영화가 끝나고 엔딩 크레딧 올라가기 전, 한 줄의 자막이 뜬다.

'이 영화를 이 세상의 모든 외할머니에게 바칩니다'

그 순간 왜? 라고 묻는다.

왜 할머니가 아닌, 외할머니라고 굳이 칭했을까

그 순간 생각한다.

'외할머니? 외할머니는 우리 엄마의 엄마잖아'

그 순간 걷잡을 수없이 눈물이 흐른다.

결국 이 영화를 이 세상의 모든 어머니에게 바친다는 말이었다.

그 한 줄의 자막이 왜 그렇게 슬펐는지 모르겠지만
영화를 함께 본 정민이를 성남 집으로 갈 수 있는 강남역의 한 버스 정류장에 내
려주고 성수대교를 지나 우리 집으로 돌아오는 긴 시간 동안 하염없이 울었다.

난 아직도 하염없이 흘러내린 눈물의 의미를 잘 모르겠다.
그냥 우리 엄마에게도 엄마가 있었다는 사실이 슬펐던 게 아닐까
그저 나의 엄마라는 게 전부일 줄만 알았던 우리 엄마에게도, 엄마가 있었다.

나에게 그토록 대가 없는 사랑을 주신

우리   할머니는 우리 아빠의 엄마였고
우리 외할머니는 우리 엄마의 엄마였다.

그리고
그녀들도 결국 누군가의 딸이었다.
그녀들도 결국 누군가의 엄마였다.

나의 할머니가 전부가 아니었다.

그리고

그녀도 결국 누군가의 딸이었다.

나의 엄마가 전부가 아니었다.

우리 엄마가
성북동 절에서 받아온 새해 달력을 주방 한편 벽면에 걸어둔다.

눈을 크게 뜨고 봐도, 눈을 게슴츠레 감고 봐도, 멀리서 봐도, 코앞에서 봐도,
아무리 봐도 우리 주방과는 어울리지 않는다. 노블레스 잡지에서나 볼 법한
아주 폼나는 공간은 아님에도 불구하고 말이다.

그래서였을까
감성이라고는 없는, 향기라고는 느껴지지 않는 촌스러운 꽃 사진이 열두 달을
가득 채운 이 달력이 난 너무 걸리적거렸다.

한데
우리 엄마는 숫자가 커서 잘 보인다며 꽤 만족해한다. 맨유 올드 트래포드 스
타디움 전광판도 아니고 숫자는 왜 이리도 크게 써 놓은 건지 참. 심지어 어느
날부터는 달력 위에 더 큰 숫자가 그려진 공공기관에서 사은품으로 받았을 법
한 나무 벽걸이 시계마저 걸려 있다.
어쩔~

그래서였을까

그 달력 앞을 매일 지나치면서도 눈길 한 번 주지 않았다.

어느 날
정수기의 깨끗한 물을 받으며 무심코 고개를 돌렸는데, 촌스러운 꽃 사진이
열두 달을 가득 채운 달력 한 귀퉁이에 적힌 문구가 눈에 들어온다.

'욕심의 반대는 무욕이 아니라, 만족이다'

순간
꽃 사진의 촌스러움은 잊은 채, 그 말이 너무도 마음에 와닿는다.

우리는
누구나 더 나은 삶을 꿈꾼다. 그 이상이 우리를 만족하지 못하고 계속 꿈꾸게
만든다. 그 이상을 꿈꾸는 것이 욕심이라면 그 욕심은 전적으로 지지한다. 다
만 그 이상을 위한 욕심이 아니라 그저 허세에, 사치에, SNS에, 보여줄 거리
에 불과하다면 난 전혀 동의할 수 없다.

내가 가진 현상에 만족하고 살아가는 것
그것이야말로 욕심이 아닌, 만족이 주는 가치가 아닐까

나는
오늘부터 감성도 향기도 느낄 수 없는 촌스러운 꽃 사진이 열두 달을 가득 채
운 달력과 맨유 올드 트래포드 스타디움 전광판보다도 커다란 숫자가 그려진

벽시계에 만족하며 살려 한다.

그깟 촌스러움이 무슨 대수랴
그래도 꽃이거늘

그저 우리 엄마가 만족하면 됐다.
그래 그거면 됐다.

그래 그거면 될 줄 알았다.

한데
아무리 생각해도
맘에 안 든다.

그래도 꽃이거늘

아무리 꽃이어도
맘에 안 든다.

어쩔~

정말이지 난, 우리 엄마 때문에 너무 짜증난다.

그보다는 속상하다는 표현이 더 맞을 수도 있겠지만

우리 엄마는

좋은 거, 예쁜 거, 고운 거, 건강한 거, 맛있는 게 있으면 모두 우리 언니 집으로 가져다준다. 사과를 사 오면 가장 발갛고 탐스러운 걸로, 생선을 구우면 가장 두툼하고 잘 구워진 토막으로, 예쁜 조각 케이크라도 선물 받으면 고스란히 언니 집으로 보내진다. 비단 음식뿐만이 아닌 모든 것에 있어 그렇다. 무슨 배달의민족도 아니고, 왜 그렇게 열심히 가져다 나르는지 모르겠다.

뭐 괜찮다.

우리 언니니까

근데 문제는 여기서부터다.

그렇게 정성껏 챙겨 보내고 나면 얼마 뒤엔 재활용도 안 되는 쓰레기가 되어 우리 집으로 되돌아온다. 하루에도 몇 번씩 그렇게 해대니, 넘쳐나는 먹을거리에 그대로 방치되어 있다가 다시 우리 집 쓰레기통에 버려지곤 한다.

발갛고 탐스러웠던 사과는 백설 공주의 독이 든 사과처럼 볼품없이 검어져,

먹음직스럽게 잘 구워진 살이 가득 차 두툼했던 생선토막은 쭈글쭈글 반토막이 되어, 촉촉했던 조각 케이크는 공사장의 시멘트처럼 딱딱하게 굳어 그렇게 다시 우리 집으로 되돌아온다.

언니가 결혼하고 나서 지금까지 변함없이 이런 생활이 반복된다.
그럼에도 가장 좋은 거, 예쁜 거, 맛있는 건 여전히 우리 언니 몫이다.

작은 독립영화 마지막 촬영 날
아역배우 재준이의 어머님께서 모든 스태프에게 달콤한 선물을 주셨다. 굳이 그런 정성을 쏟지 않아도 너무도 사랑스러운 아이였는데 선물로 주신 수제 오란다 강정은 그런 재준이만큼이나 사랑스러웠다. 깨물기도 힘든 흔한 싸구려 강정이 아닌, 입에서 사르르 녹는 부드럽고 달콤한 맛을 보니 난 우리 엄마가 생각났다.

마지막 촬영을 끝내고
늦은 새벽에 들어와 짐을 대충 정리하고, 달콤한 오란다 강정을 식탁 위에 올려놓고는 잠이 든다. 늦은 아침까지 미뤄두었던 깊은 잠을 자고 일어나니 집에는 아무도 없다. 식탁을 보니 달콤한 오란다 강정도 없다.

'이 아줌마가 웬일로 이걸 먹었지?'

은근히 기분이 좋다.

그날 오후
촬영 때문에 오랜 시간 보지 못한 상윤이를 보러 언니 집으로 향한다. 녀석은 온라인 수업 중이었고, 나는 아메리카노 한잔을 내리러 주방으로 향한다. 지나치는 식탁 위 녀석의 간식거리가 담긴 바구니가 보이고, 바구니 맨 위에 재준이의 사랑스러움을 닮은 달콤한 오란다 강정이 놓여 있다.

그럼 그렇지
우리 엄마를 너무 얕봤다. 당신이 그 달콤함을 맛보았으리라는 나의 기대와 바람이 와장창 무너진다. 분명 며칠 뒤, 달콤한 부드러움은 사라지고 공사장의 시멘트처럼 딱딱하게 굳은 채로 우리 집으로 다시 올 모양새다.

정말 답답하다.
정말 속상하다.
정말 짜증난다.

그냥
당신에게 주어진 대로 먹고 입고 즐기는 거, 그게 안 되는 걸까?
적어도
우리에게도 보답할 수 있는 일말의 시간은 허락해 주어야 하는 거, 아닐까?

_ 커피믹스야 고마워

내 동생은 자신과 아이들의 공부를 위해 잠시 캐나다로 떠났다.
긴 여정을 떠나기 전, 이미 6개월간 그곳에 머물렀고
2년이 넘는 시간 동안 고민 끝에 내린 결정이었다.

그런 결정이 장남으로서
무책임하다는 생각도 들었고
이기적이라는 생각도 들었지만
본인의 인생을 위해서 선택한 길이라면 응원해 주고도 싶었다.

발품을 팔 수 있는 거리가 아니었기에 오롯이 인터넷으로 모든 걸 준비해야
했다. 몇 년이 될지는 모르지만 네 가족이 함께 살 집도, 다닐 학교도, 타고 다
닐 차도 모두

그렇게 오랜 시간 준비 끝에, 끝내 캐나다로 떠났다.
우리 아빠, 엄마는 매일 이른 아침 영상통화를 한다.
이제는 어쩌면 당신의 아들보다 당신의 손자, 손녀가 더 그리울 것이다.
그 모습을 보고 있자니 눈물 나게 짠하다.

당신의 아들을 떠나보내기 며칠 전부터 밥 먹다가도 울고, TV를 보다가도 울

고 있던 우리 엄마. 마흔이 넘은 아들을 잠시 떠나보내면서도 여전히 군대 가는 아들 걱정하듯 한다.

그렇게 며칠이 지난 어느 날
당신의 유일한 위로인 맥심 화이트 골드 커피믹스를 마시며 말한다.

"난 다음 생애에는 우리 주○이 같은 남자 만나서 결혼할 거다."

그렇게 당신의 아들을 그리워한다.
커피믹스 한잔에 몹시도 허전한 마음을 위로받고 있는 우리 엄마
역시 짠하다.

그렇게 또 며칠이 지난 어느 날
그러고 보니 매일 이른 아침 아이들과 영상통화로 시끌벅적하던 모양새는 없어지고 며칠간 조용하다.

그날 저녁
우리 엄마는 또 맥심 화이트 골드 커피믹스를 마시고 있다.
왠지 화가 잔뜩 나 있다.
내가 현관문을 열고 들어오자, 마치 기다렸다는 듯
'나쁜 자식'이라며 화가 난 마음을 고스란히 드러낸다.
난 피식 웃음이 나온다.

"나쁜 자식, 자식 놈 키워봐야 아무 소용 없어."

모든 엄마의 공통적인 언어를 말한다.

그 키워봐야 아무 소용 없는 자식 놈이
아이들 공부하는데 저녁마다(한국은 아침이다.) 전화한다고 뭐라 한 소리 했
던 모양이다. 그 말에 삐쳐서 며칠 동안 전화도 하지 않고 눈치 빠른 며느리의
전화도 받지 않고 그렇게 있었던 모양새다.

난 또 피식 웃음이 나온다.

분명 며칠 전만 해도
세상 어디에도 없는 좋은 놈, 에서 캐나다로 떠난 지 며칠 만에
세상 어디에도 없는 나쁜 놈, 이 되어버린 자식 놈

그 좋은 놈과 나쁜 놈 사이에서
매일 매 순간을 그렇게 보내왔을 우리 엄마

하루는 좋았다 하루는 싫었다.
하루는 예뻤다 하루는 미웠다.

그 세월을 매일 그렇게 커피믹스 한잔에 기대어 왔을 우리 엄마

그래도 맥심 화이트 골드 커피믹스가 있어서 참 다행이다.

자식보다 낫다.

지극히 개인적인 생각이지만

아마도

엄마도 이제 당신의 시간을 살았으면 하는 마음에서 그렇게 차갑게 말하지 않았을까. 키워봐야 아무 소용 없는 자식 놈의 입장을 대신해 본다.

_ 일 년에 한 번 한 달을 기다리다

그렇게 캐나다로 떠난 지 일 년이 지나
그들은 방학을 맞아 한국에 들어왔다.

우리 집에서 한 달을 함께해야 한다.
우리 엄마는 그들이 떠나는 날부터, 이날을 준비했다.

오기 두 달 전부터는
막냇동생이 쓰던 비어 있는 방을 매일매일 닦고 채운다.
그들이 쓸 화장실도 매일매일 씻고 메운다.

일본 여행을 다녀오며 손주 녀석들이 좋아하는 생초콜릿을 대여섯 상자는 사
와서 초콜릿을 보면 사족을 못 쓰는 나에게 들킬까, 냉장고 한쪽 구석에 숨겨
놓은 채 그렇게 기다렸다. 막상 제 아빠는 유통기한이 지났으니 먹지도 못하
게 한다. 생초콜릿이라 유통기한이 꽤 짧았던 모양이다.

그렇게 한 달을 보내고 또, 떠났다.
다음 여름방학을 기약하며

처음 캐나다로 떠나보낼 때보다 더, 슬프다.

우리 엄마는 또 하염없이 울고 있다.

밥을 먹다가도, TV를 보다가도, 맥심 화이트 골드 커피믹스를 마시다가도 울고 있다.

잘살고 있는 한 가족을 당신 마음대로 슬퍼한다. 젠장.

당분간은 이런 시간이 계속될 듯싶다.

예전처럼 다시, 당연한 일상을 함께하게 되기 전까지는

일 년에 한 번, 그 한 달을 기다릴 것이다.

우리 엄마는

_ B형이 죽도록 싫었다

우리 엄마 A형
우리 아빠 B형

첫째　딸 AB형
둘째　딸 B형
셋째 아들 A형
막내 아들 O형

A형과 B형이 만나 나올 수 있는 모든 경우의 수인
AB형 A형 B형 O형

이 모든 종류의 혈액형을 각각 가지고 태어난 우리 4남매

각자의 개성대로
각자의 생각대로
각자의 성격대로
각자의 방식대로

그렇게 제멋대로

자신을 뽐내며 자라왔을 우리

그런 우리를
지금껏 지켜준 우리 엄마

우리 엄마는 B형이 죽도록 싫단다.

당신의 남편
당신의 시어머니

그리고
당신의 가장 못된 딸이었던, 내가

그 B형이다.

_ 풀려버린 파마머리

그날따라 러시아워에 차를 가지고 나온 나는, 조급했다.

주차장에서 나오자마자 신호에 걸려 멈춰 선 나는, 다음 신호에 기어코 가야
한다는 걸 알고 있었다. 그 시간에 일이 분이 빠르고 늦어서 가지고 오는 파장
은 어마어마했기에

그런 내 차 앞에는 서너 대의 차가 늘어서 있었고

정지 신호가 직진신호로 바뀌자, 앞차에 바짝 다가가 이번 신호에 기필코 가
겠다는 나의 다짐을 드러낸다. 다행히도 나와 같은 생각을 하는 듯 앞선 차들
이 재빠르게 움직인다. 그렇게 순조롭게 출발해 가고 있는데 내 앞차가 비상
등도 켜지 않은 채 갑자기 멈춰 선다. 다행히 급하게 브레이크를 밟은 놀란 나
는, 혼잣말로 투덜대며 멈춰 선 앞차가 부디 빨리 출발해 주기를 기다리고 있
다. 신호가 바뀐 지 얼마 지나지 않았기에 아직은 괜찮다.

한데 내가 생각할 때는 꽤 시간이 흘렀는데도

비상등도 켜지 않고 정차한 차에서 누군가 내릴 기미도, 누군가 탈 낌새도 전
혀 보이지 않는다. 나는 기필코 이번 신호에 교차로를 건너겠다는 강한 욕구
를 드러내며 그새를 못 참고 경적을 울려댄다. 그제야 뒷좌석의 문이 열리고
누군가 내릴 채비를 한다.

내 마음은 오줌 마려운 똥강아지 마냥 급해 죽겠는데
이런 내 조급함을 비웃듯, 느릿느릿 한 사람이 차에서 내린다.
나는 그 사람의 느긋함을 비웃듯, 깊은 한숨을 내쉰다.

한데 나의 깊은 한숨과 함께 느릿느릿 차에서 내리는 그 사람을 가만히 지켜
보니, 몸이 불편한 지체 장애를 지닌 고등학생 정도의 남자아이였다.

결국 직진 신호는 정지 신호로 바뀌었고
다시 다음 신호를 기다린다.

마음은 급했지만 어쩔 수 없이 또다시 정차한 나는 그 아이의 발걸음을 따라
가 본다. 그러자 그 아이의 발걸음이 멈춘 그곳엔 지하철로 연결되는 엘리베
이터가 있었다.

계단을 이용하기엔 몸이 불편했던 그 아이가 지하철을 탈 수 있는 유일한 방
법이었던 엘리베이터가 연결되는 그곳에, 그 복잡한 러시아워에, 그 큰 교차
로의 직진신호를 외면하고 멈춰서, 그토록 힘겹게 내려야 하는 이유였다.

그제야 조급했던 마음 때문에 보이지 않던 것들이 보인다.
내 앞에서 비상등도 켜지 않은 채 나를 멈춰 세운 차는 오래전 단종이 되어 지
금은 길거리에서 볼 수도 없는 소형 차종이었고, 선팅이 하나도 되지 않아 마
치 미세먼지 수치가 하나도 없는 선명한 세상을 보듯, 투명한 차 뒷유리 너머
로 그녀의 풀려버린 파마머리까지 적나라하게 보이고 있었다. 그녀의 다 풀려

버린 파마머리처럼 그녀의 뒷모습은 너무도 지쳐 보인다.

얼굴을 마주하고 있지 않았음에도
그녀의 무거운 세월이 너무도 슬프게 내 가슴에 와닿는다.

매일 아침 몸이 불편한 저 아이를 이 복잡한 지하철역 한복판에 내려놓고, 뒤차들에 밀려 급하게 떠나야 하는 그녀의 마음을 우리는 감히 짐작이나 할 수 있을까? 나처럼 늦장 부리는 사정을 알지 못하는 뒤차들은 매일 아침 경적을 울려댈 것이고, 그 소리에 엄마와 아들의 힘겨운 세상은 얼마나 무너져 내릴까. 그리고 서로가 혼자 남아 조마조마해 하며 버티고, 견디고, 기다려야 하는 이 하루가 얼마나 두렵고 겁이 날까

맑은 하늘에 소나기가 쏟아지듯, 난 왈칵 눈물이 쏟아진다.

나는 다행히 늦지 않고 도착했지만
나의 마음은, 여전히 그녀의 다 풀려버린 파마머리에 남겨져 있었다.
나의 가슴은, 여전히 하루하루가 두려울 느릿한 아이에게 남겨져 있었다.

그리고
내가 울렸던 그 부끄러운 경적 소리에 남겨져 있었다.

부디 그 아이의 느릿함이
나 같은 이들의 조급함 때문에 상처받지 않길 바랄 뿐이다.

6월치고는 더운 날씨에
나름 운동을 해보겠다고 집을 나선다.

집을 나와 둑길 위로 놓인 짧은 다리를 건너는데, 다리 위 노상에서 꽤 연세
드신 할아버지께서 과일과 채소를 팔고 계신다. 종류는 감자와 토마토, 참외
가 전부다. 모두 한 바구니에 5,000원이라고 쓰여 있다. 나는 막연하게 돌아
오는 길에 뭐든 한 바구니 사드려야겠다고 생각한다.

두 시간 정도 지나 다시 그 길을 마주하는데 그동안 얼마나 팔렸을지는 모르
겠지만, 여전히 주변은 조용하고도 고요하다. 나는 갈 때 했던 생각과는 다르
게 잠시 고민한다. 지갑에 현금이 있는지 확인하고는 지나쳐 왔던 길을 다시
돌아간다.

이제는 함께 달콤함을 맛볼 수는 없겠지만
우리 할머니가 좋아했던 참외 한 바구니를 산다. 한데 스쳐 지나칠 때는 몰랐
는데 할아버지께서 검은 봉지에 담아주시는 걸 가까이서 보니 싱싱해 보이지
는 않는다. 집에 돌아와 검은 봉지를 열자, 쉰내가 진동한다. 그중 하나를 꺼
내 깨끗하게 씻어 껍질을 벗기자, 아차 싶었다. 그리고 반으로 자르자, 역시나
싶었다. 음식물쓰레기를 돈을 주고 사 왔다는 생각에 화가 났지만, 큰돈도 아

니고 빈 바구니를 주섬주섬 정리하시던 할아버지를 생각하니 뭐 괜찮았다.

그날따라 우리 엄마가 참외를 한 보따리 사 들고 온다.
아빠 한의원에 다녀오는 길에 바로 앞 농수산물 마트에 들렀던 모양이다. 싱그러운 연두색 장바구니에 담겨 있는 참외 하나를 꺼내니 달콤한 향이 사악하고 퍼진다. 깨끗이 씻어 껍질을 벗기고 한입 베어 물자, 그 단맛이 너무도 달콤해 기분마저 좋아진다. 불과 몇 시간 전에 경험한 참외와는 비교조차 할 수 없다.

나는 망설이다 쓰레기통에 숨겨놓은 참외에 대해 고백한다.
돈이라면 십 원짜리 하나도 허투루 쓰지 않는 그녀였기에
한참 잔소리 들을 생각으로 고해성사하듯 조심스레 말한다.

한데
우리 엄마, 잔소리 대신 이렇게 말해준다.

"잘했어."

나는
그녀의 감당하기 힘든 잔소리가 시작되면
우사인 볼트보다 빠르게 내 방으로 줄행랑칠 생각이었는데
그런 그녀를 보며
나는 생각한다.

이런 사람이 우리 엄마여서 참 다행이라고

우리 엄마

이 달콤한 참외보다 더 달콤하다.

고작 열한 살

초등학교 4학년이었던 나는, 영심이 언니의 결혼식에 신부 입장에 맞춰 결혼 행진곡을 연주한다. 신부가 입장할 때만큼은 결혼식장의 연주자가 아닌 내가 피아노를 쳐주며 언니의 결혼을 축하했다. Y대 음대를 다니던 미스코리아 머리를 한, 두 번째 손가락에 너무도 아름다운 반지를 낀 아리따운 피아노 선생님께 한동안은 체르니 30이 아닌 결혼행진곡을 배워야 했다.

영심이 언니

언니는 내 동생이 태어나기 한 달 하고도 3일 전에 우리 집에 왔다고 한다. 그러니까 내가 두 살 때, 우리 집에 왔다.

전라남도

강진의 어느 시골 마을에서 첫째 딸로 태어난 언니는, 그 시절 대부분의 소녀가 그랬듯 먹고살기 어려운 가정형편 때문에 열네 살이란 꽃 같은 나이에 남의 집 일을 시작한다. 언니 말에 의하면 우리 집이 아홉 번째였고, 마지막이었다고 한다.

벚꽃 봉오리

같았을 열아홉에 와서 활짝 핀 스물여섯까지, 네 번째 손가락에 너무도 아름다운 반지를 낀 아리따운 봄의 신부가 되기 전까지 우린 그렇게 함께 살았다. 언니는 지금도 우리를 보면 내 새끼, 내 새끼 한다. 말 그대로 갓난아이 똥 기저귀 빨아가며 우리가 자라온 모든 시간을 함께 지나왔을 테니, 언니 새끼들 맞다.

영심이 언니

언니는 가족이었다. 학교를 제대로 다니지 못해 한글도 잘 몰랐던 언니는 어린 우리와 함께 한글을 배웠다. 우리 엄마는 아침마다 신문과 함께 도착하는 '장학 교실'이라는 일일 학습지를 우리 언니와 나, 그리고 영심이 언니 것까지 세 장을 받아 주었다. 비좁은 식탁 위에서 셋이 나란히 앉아 공부하던 기억이 있다.

그런 언니의 결혼식이었고 고작 열 살을 넘긴 모자란 실력이었을 테지만, 온 마음을 다해 결혼행진곡을 연주했으리라. 아마도 그때 내가 할 수 있는 최선의 축하였으리라.

영심이 언니

우리 엄마 말에 의하면 일은 뒷전이고, 틈만 나면 동네 시장으로 달려가 옷과 화장품을 눈에 담느라 정신이 없었단다. 월급날이면 그렇게 바지런히도 가슴에 담아두었던 것들을 사들이느라 모든 돈을 탕진하고 왔단다. 지금도 그때 얘기를 할 때면 어린아이처럼 신나 하는 언니는, 그때 20대 초반이었다. 그저 꾸미는 거, 예쁜 거 좋아하는 요즘 20대의 모습이었으리라.

우리 엄마는 보다 못해 적금통장도 만들어 주고, 여러모로 부모의 부재를 대신해 주었다. 혼자 고속버스를 타는 게 무서웠던 언니는 고향 집도 우리 엄마와 함께 다녀왔다.

시어머니와 남편
그리고 네 명의 자식들을 돌보는 것도 모자라 영심이 언니까지
우리 엄마 참 대단하다.

우리 엄마 참 좋은 사람이다.
우리 엄마 참 멋진 사람이다.
우리 엄마 참 괜찮은 사람이다.

지금도
전화 통화를 할 때면 그 누구보다 우리 엄마가 제일 보고 싶다는
영심이 언니

언니는 결혼하고 어려운 시간을 보내며 조금 아팠다.
그리고 여전히 조금 아프다.

다행히도
언니 곁에는 사랑하는 아이들이 셋이나 있다.
그게 참 축복이다.

우리 집에 처음 온

벚꽃 봉오리 같았을 열아홉

여전히 그 수줍은 모습으로 늙어가는 또 늙어갈

영심이 언니

그녀의 삶이 평온하길, 난 진심으로 기도한다.

last LOVE

디어러브_

살아간다는 건, 사랑한다는 것

한 남자와
한 남자를 세상에서 가장 사랑하는 세 여자가 함께 여행을 떠난다.

한 여자는 그 남자의 외할머니이고
한 여자는 그 남자의 엄마이고
한 여자는 그 남자의 이모이다.

이른 아침 오스트리아의 한 광장에서 장이 열린다고 해, 우린 그곳으로 향한다. 꽤 이른 시간이었음에도 이미 광장은 물건을 팔려는 사람들과 그걸 구경하려는 사람들로 정신이 없다. 우리 또한 한국에서는 느낄 수 없는 동유럽의 감성을 느끼며 분주하게 둘러본다.

그곳을 한 바퀴 쓱 둘러보았을 때쯤 한 남자는 세 여자를 이끌고 한 가게 앞에 머문다.
작은, 수제 잼을 파는 곳이었다.

잼이라면
당장이라도 호텔 조식을 먹으며 접할 수 있었고, 서울 집에 정성 들여 만들어 놓은 딸기잼도 그대로 남아 있었고, 선물로 받은 각종 잼이 집 한구석을 차지하고 있었기에 별 특별할 것 없는 이 수제 잼을, 군이 이 먼 곳에서 서울까지 가지고 갈 필요성을 전혀 느끼지 못했다. 세 여자는 한 남자에게 안 된다는 말로 설득도 아닌 일방적인 통보를 하고 그 가게를 벗어난다. 그렇게 그 가게를 벗어나 몇 발짝 옮겼을 때, 한 남자는 세 여자 중 자신이 가장 사랑하는 제 엄마 품에 뛰어들어 허리를 감싸 안고, 배꼽 언저리에 얼굴을 파묻고, 서럽게 엉엉 울기 시작한다.

정말 말 그대로 엉엉

마치 안데르센 동화에나 등장할 법한 모양새로 그 낭만 가득한 유럽의 광장 한복판에서 서럽게 울고 있다. 말 못 하는 갓난아이가 젖 달라고 떼쓸 때처럼 제 엄마 품에 안겨 한참을 울더니, 한 남자는 말한다.

"나, 저 잼을 정말 사주고 싶었단 말이야."

사고 싶었다, 먹고 싶었다, 갖고 싶었다가 아닌
사주고 싶었다는 건 무슨 의미일까?

세 여자는 당황했지만
아무렇지 않은 척 침착하게 묻는다.

"왜 저 잼을 사주고 싶었는데?"

한 남자는 흘러나오는 눈물을 꾸역꾸역 참아가며

그 와중에도 또박또박 이야기한다.

"여기서 저 잼 가게가 가장 작고 허름하고 초라해
 그리고 주인 할머니가 가장 볼품없는 옷을 입고 있어."

한 남자는 마치 안데르센 동화에나 등장할 법한 대사들을 쏟아낸다.

한 남자의 동화 같은 말이 끝나기가 무섭게 난 어이없게도 눈물이 팍하고 터진다. 한 남자의 외할머니인 우리 엄마도 눈시울이 붉어진다. 한 남자의 엄마만이 그나마 이성을 차리고 있다.

그 동화 같은 말을 듣고 광장을 둘러보니
저마다 각자의 개성으로 멋들어지게 공간을 뽐내고 있었다.

사랑스러운
코랄 컬러의 푸드 트럭에선 먹음직스러운 빵을 한가득 구워 내기도, 낡은 트럭이지만 세상의 모든 종류의 꽃들로 그저 화사해 보이는 꽃가게도, 양떼 목장에 와 있는 착각이 들 만큼 다양한 종류의 양털 카펫 가게도 그렇게 한껏 멋들어지게 차려진 가게들 틈에서 그곳은 한 남자의 말처럼 정말 눈에도 띄지 않을 정도로 작고 허름했다.

일 미터는
간신히 넘을까 싶은 작은 테이블 위에 직접 수를 놓아 만든 듯한 소박한 테이블보를 깔고 그 위에는 열 가지도 채 되지 않는 잼이 놓여 있다. 그리고 작은 테이블에 들어맞는 넝마를 걸친 할머니의 가냘픈 몸이 간신히 들어갈 수 있는 작은 의자 하나와 오늘 다 팔 수 있을까 싶은 여분의 잼 바구니가 전부다. 그곳을 지나치면서도 세 여자 눈에는 띄지 않았던 이유였을 게다. 그곳을 한 남자는 안타깝게 살피며 더군다나 백발의 주인 할머니가 몹시도 안쓰럽게 느껴졌으리라.

우리는 곧장 돌아 나온 그 길을 따라 다시 잼 가게로 향했고, 서울로 들고 가야 할 많은 짐을 떠올리며 작은 병으로 몇 가지 구매한다. 백발의 주인 할머니는 우리에게 그 흔한 호객행위도 하지 않은 채, 그저 직접 만든 수제 잼이란 정도만 설명하시고는 너무도 인자하게 웃고 계신다.

한 남자는
마치 좋아하는 소녀에게 사랑 고백하는 수줍은 소년처럼 백발의 할머니 앞에서 눈도 마주치지 못하고 부끄러워한다. 그러고는 뒤돌아 참았던 미소를 터트린다.

넝마를 걸친 할머니의 수제 잼을 그 작고 귀한 손에 들고 돌아 나오는 한 남자를 보니, 마치 한바탕 소나기가 퍼붓고 난 후 유난히도 파아란 하늘에 귀하디 귀하게 뜬 무지개처럼 그렇게 환하게, 그렇게 어여쁘게, 그렇게 사랑스럽게 웃고 있다.

세 여자는
마치 그 귀한 무지개를 본 듯, 한 남자를 바라본다.

그리고

한 남자에게 모든 사랑을 아낌없이 쏟아내었던 세 여자는 생각한다.

그녀들이 줄 수 있는 사랑이 한없이 부족했을지는 몰라도

결코 헛되지 않았음을

부디

귀하디귀하게 뜬 무지개가 오래도록 사라지지 않길 바라본다.

어느새 시간은 또, 흘러 이젠 제법 대화가 가능해졌다.

녀석은 하루가 지나면 새로운 단어들을 말하고 있고
우리는 그런 하루하루가 아쉽기도 기대되기도 한다.

이렇게 하루만 못 봐도 어른이 되어 가는 녀석을
무려 열흘 만에 만난다.

나는 녀석을 보자마자 거의 울다시피 하소연한다.

"이모, 우리 상윤이가 너무 보고 싶었어."

녀석은 그런 나를 빤히, 눈도 깜빡이지 않고는 한참을 바라본다.

그렇게 한참을 보더니

사랑스러워 미칠 것 같은
그 작고도 통통한 손가락 열 개를 쫙 펴고는 묻는다.

사랑스러워 미칠 것 같은
그 발갛고도 도톰한 입술을 꼬물거리며 묻는다.

"이모, 열 개가 젤 많은 거야?"

나는 백 개도 있고, 천 개도 있고
무한대의 수가 있다고 말해주고 싶지만

그 사랑스러워 미칠 것 같은
작고도 통통한 손가락 열 개를 쫙 펴고 묻는

그 사랑스러워 미칠 것 같은
발갛고도 도톰한 입술을 꼬물거리며 묻는

그 사랑스러워 미칠 것 같은
녀석의 말에 그대로 고개를 끄덕여 준다.

"그럼 열 개가 젤 많은 거지."

녀석은
그런 나를 빤히, 눈도 깜빡이지 않고는 한참을 바라보더니 말한다.

"이모, 난 열 개만큼 보고 싶었어."

우리 상윤이가 다섯 살 무렵
긴 설 연휴에 할아버지, 할머니와 제주도 여행을 다녀왔다.

다녀오자마자 우리 집에 들러서는 선물이라며
황금색 포장지에 황금색 리본 장식을 한 고디바 초콜릿 한 상자를 내민다.
그러면서 조잘조잘 이야기한다.

돌아오는 제주공항 면세점에서 이번 여행에 함께하지 못한 이모를 위해 무얼
선물할까 고민했고, 이모가 초콜릿을 하도 좋아해서 초콜릿을 선물하기로 마
음먹었으며, 어떤 것이 맛있을지 몰라 매장 앞에서 몇 분 정도 사람들을 관찰
했단다. 이 어린 녀석이 분명 '관찰'이란 단어를 썼다. 옆에서 언니도 한마디
거든다. 그녀에게 맡겨진 세뱃돈을 달라고 해 직접 샀다고

그 귀한 초콜릿을 받아 들고는 녀석에게 말한다.

"이모, 이 초콜릿 죽을 때까지 못 먹을 것 같은데
 우리 상윤이가 이렇게 정성 들여 사준 걸 어떻게 먹을 수 있겠어
 나중에 죽으면 무덤에 가지고 갈 거야."

금방이라도 쏟아질 것 같은 눈물을 꾸역꾸역 참아가며
나는 진심을 이야기한다.

그리고 난 당신에게
이런 감동을, 이런 행복을, 이런 기쁨을 단 한 번이라도 선사한 적이 있었을까
떠올려 본다. 자식이 아닌 부모의 입장을 경험해 보니 더 뭉클하고 더 벅차다.

아마도 이 초콜릿의 달콤함은 내 평생, 느끼지 못할 것 같다.
포장을 뜯는 것조차 아깝고 소중하기에
그저 달콤함을 상상하며 바라보고, 또 바라보고, 또 바라보고 있지 않을까

우리 할머니, 장롱 깊숙이
내가 중학생 때 선물한 하얀 레이스가 달린 꽃 손수건이
상자 안에 그대로, 태그도 떼지 않은 채 그대로
그럼에도 먼지 하나 없이 간직되어 있었던 것처럼

우리 엄마, 화장대 서랍 속
내가 대학생 때 선물한 분홍색 립스틱이
뾰족한 모양 그대로, 한 번도 발리지 않은 채 그대로
그럼에도 흠집 하나 없이 간직되어 있었던 것처럼

우리 아빠, 오래된 낡은 가죽 지갑 속

내가 착한 딸일 때 써준 사랑한다는 편지가

색이 바랜 채 그대로, 꼬깃꼬깃 너덜너덜해진 채 그대로

그럼에도 버리지 못하고 가슴속에 품고 있었던 것처럼

저녁 무렵, 제 엄마 핸드폰으로 전화를 걸어왔다.

"이모! 내가 이모를 주인공으로 책을 만들었는데, 이 책 살래?"

"얼만데?"

녀석은 잠시 고민하더니, 곤란한 듯 말한다.

"오. 백. 원."

그냥 선물로 주는 것도 아니고
다짜고짜 구매를 강요하는 건방진 요 녀석이 귀여워 죽겠다.

"좋아. 이모가 천 원에 살게."

"좋아. 미미한테 보낼게."

녀석은 어렸을 적, 우리 엄마를 '미미'라고 불렀다.

주차장을 통해 연결되는 5분도 채 걸리지 않는 바로 옆 동에 언니는 살고 있었고, 얼마 지나지 않아 책이 도착한다. 손바닥 크기 정도 될까 싶은 앙증맞고도 사랑스러운 책이었다. 유치원에서 책을 만드는 시간을 가진 녀석은, 수업 시간에 배운 그대로 스케치북 한 장을 자르고 접어 나름 책을 만들었다.

앞면에는 〈우리 돼지 이모〉란 책 제목과 내 얼굴인지 돼지 얼굴인지, 암튼 돼지 얼굴이 그려져 있다. 뒷면에는 '글, 그림 정상윤' '바코드' 그리고 '2,000원'이란 가격까지 표기되어 있다. 나에게 구매를 강요해도 됐을 만큼 기특하게도 갖출 건, 다 갖췄다. 한데 분명 오백 원이라고 했는데, 짐작건대 2,000원은 비싸다고 생각해서 그렇게 답한 건 아닐까, 나름 해석해 본다.

책의 처음은
'내가 왜 돼지 이모인가'에 대한 나름의 타당한 설명이 있고

책의 결말은
'이모는 조카인 상윤이에게 매일 I LOVE YOU! 라고, 말했어요
 그리고 둘이서 행복하게 살았답니다' 였다.

이 정도면 그 어떤 베스트셀러와도 비교될 수 없는 감동적인 스토리 아닌가? 매일 '사랑해'라고 말하는 나의 가슴을 이토록 정확하게 알아주고 표현해 주었다는 거, 그리고 둘이서 행복하게 살았다는 거, 그 어떤 삶도 이보다 최고의 최선의 결말은 있을 수 없다.

어느 날인가 녀석은 내 방 책상에 버려진 A4 이면지 위에 그림 한 장을 그려 놓았다. 살 빼야 한다면서 먹는 것에 늘 최선을 다하고 있는 나를 놀려주고 싶어, 나름 돼지로 표현했단다.

나는 정말 행복했다. 그림 속의 내가 코끼리였어도 도깨비었어도 마냥 행복했을 것이다. 누군가가 나를 생각하며 그림을 그려준다는 거, 그것만으로 가슴 벅찬 일 아닌가. 그림이라고 하기엔 낙서에 가까웠지만 적어도 나에겐 '장 미쉘 바스키아'의 낙서보다 더 가치 있는 그림이었다.

못난 돼지 그림에도 마냥 행복해하는 나를 본 녀석은
그날 이후 '우리 돼지 이모'란 주제로 늘 그림을 그려주고는 놀려댄다.

난 그게 너무 좋다.

난 여전히
녀석에게 매일매일 'I LOVE YOU'라고 말한다.
녀석에게 전해지고 있는지는 모르겠지만

그리고
둘이서 아니 우리 가족 모두가 행복하게 살아가길, 진심으로 바란다.

그것만으로
더할 나위 없는 삶을 살았다고 말할 수 있지 않을까?

〈우리 돼지 이모〉

이 책 속의 나는
세상에서 가장 행복한 주인공이다.

01.

내가 좋아하는 선주 언니를 만났다.

우리 상윤이가 태어나고 얼마 지나지 않았던 터라 나는 만나는 이들에게 눈치 없이, 사정없이 녀석의 얘기를 해댔다.

"언니, 난 지금의 우리 조카가 너무 예뻐서
 그냥 이대로 모든 게 멈췄으면 좋겠어
 그냥 지금 모습으로 그렇게 평생 있어 줬으면 좋겠어."

그저 사랑스럽기만 한 녀석을 떠올리며
이 말도 안 되는 기가 찬 이야기를 하는 내게, 그녀는 말한다.

"너, 지금이 제일 예쁠 것 같지?
 아니야
 앞으로 걷기 시작하고
 말하기 시작하고
 이모라고 불러주고 해봐

지금보다 더 예쁘다

오늘이 제일 예쁠 것 같지?

아니야. 매일매일이 더 예뻐."

녀석보다 한참 큰 조카를 둔 그녀는
여유 있는 웃음을 보이며 말한다.

"진짜? 말도 안 돼."

난 어떻게 저 작은 생명체가 지금보다 더 사랑스러울 수 있을지 의문을 품은 채, 그저 지금이 사랑스러워 죽겠다며 고개를 젓는다. 그리고 사실 난 그녀의 말을 믿지 않았다.

한데 그녀의 예언은 정확하게 들어맞았다.
정말 새로운 모든 날이, 새로운 모든 순간이
오늘 맞이하는 매일매일이 더 예뻤다.

02.

내가 좋아하는 초롱씨를 만났다.

그녀는 조카가 태어나고 얼마 지나지 않았던 터라 나를 만나면 한참을 조카

이야기에 할애했다. 나도 그랬듯, 그녀의 이야기에 귀 기울여 준다.

"언니, 저는 지금의 우리 조카가 너무 예뻐서
 그냥 이대로 모든 게 멈췄으면 좋겠어요.
 그냥 지금 모습으로 그렇게 평생 있어 줬으면 좋겠어요."

주어만 바뀌었을 뿐
목적어와 서술어는 나의 말을 Ctrl+CV (복사+붙여넣기)였다.
어쩌면 이렇게 나와 똑같은 이야기를 하고 있을까?

나는
내가 좋아하는 그녀에게
내가 좋아하는 그녀의 말을 Ctrl+CV 한다.

"초롱씨, 지금이 제일 예쁠 것 같죠?
 아니에요
 앞으로 걷기 시작하고
 말하기 시작하고
 고모라고 불러주고 해봐
 지금보다 더 예쁘다
 오늘이 제일 예쁠 것 같죠?
 아니에요. 매일매일이 더 예뻐요."

"진짜요? 말도 안 돼요."

내가 그랬듯, 그녀는 나의 말을 믿지 않는 눈치다.
하지만 나는 그 어느 때보다 자신 있었다.

그녀와 몇 번의 만남이 더 지속되던 어느 날

"언니 말이 맞았어요."

내가 선주 언니에게 했던 그대로, 그녀는 Ctrl+CV 한다.

아, 그런데 초롱씨!
내가 미처 하지 못한 말이 있어요.

내가 좋아하는 선주 언니는 그날
노스트라다무스보다 정확한 예언을 남기고는, 이런 말을 덧붙였다.

"그런데 딱 열 살까지야."

차마 그 말은 할 수 없었던 나를

부디 용서해 주길 바라요.

그리고 그 예언 또한 정확하게 들어맞았다.
적어도 지금까지는

하지만 기대한다.

그의 예언이 보기 좋게 어긋났듯이
그녀의 예언이 보기 좋게 어긋나기를

우리 상윤이는 참 따뜻했다.

'하다'의 진행형이 아닌
'했다'의 과거형인 이유는
이제는 미지근하지조차 않다.

녀석은 정말 따뜻했다.
어린이집 앞마당에 떨어진 낙엽을 주워 제 엄마에게 선물할 거라며, 퇴원하는
시간까지 그 작은 두 손가락으로 꼭 쥐고 있던 아이. 선생님께 맡기라고 해도
그렇게 온 힘을 다해 소중하게 지키고 있던 아이였다.

녀석은 나에게도 정말 따뜻했다.

한데 이제는 전혀 그렇지 않다.
가장 흔한 예로 나의 문자에 답도 없다.
요즘 흔한 언어로 읽씹 또는 안읽씹이다.
간혹 'ㅇ'라도 보내주면 감사하다고 절을 해야 할 판이다.

그럼에도 나는 참 질척댄다.

못해도 일주일에 서너 번씩은 사랑한다고 하트 이모티콘과 함께 문자를 보낸다.
여전히 답은 없다.

중학생이 되면서 대치동으로 이사까지 가버려 정말 오랜만에 함께한다.
둘이 함께 거리를 걸으며 난 녀석의 손을 잡고 싶었다.
얼마 전까지만 해도 내가 손을 잡고 걸을 수 있는 유일한 남자였다.
한데 이제 내 손을 뿌리친다.
팔짱을 껴보려 했더니 한순간도 허락해 주지 않는다.
몇 번을 시도하다 그냥 포기한다.
서로 모르는 사람처럼 길을 걷는다.
내가 가장 사랑하는 사람과 길을 걷는데, 남보다도 못하다.

그날 밤 집에 돌아와 난 또 꿋꿋하게 '사랑해'라고 문자를 보낸다.
내가 좋아하는 커다란 하트 이모티콘과 함께
참 질척댄다.

그리고 이젠 익숙한 듯
내 맘을 전한 것으로 만족하고 아무 기대 없이 샤워하고 나온다.
웬일로 답장이 와 있다.
곰돌이 두 녀석이 웃고 있고, 주변은 자그마한 수십 개의 하트가 반짝이는 이모티콘이었다.
심지어 곰돌이 두 녀석은 손을 잡고 있다.

나는

보고, 또 보고, 또 보고, 또 보고, 또 보고, 또 보고, 또 보고,   또 본다.

가슴이 뭉클하다.

어쩌면 청소년기가 끝날 때까지 이런 답장은 마지막일 지도 모른다.

하지만 난 괜찮다.

녀석의 진심은 그게 아니란 걸 알기에

나는 녀석이

나의 문자를 모르는 체해도 괜찮다.

나의 마음을 모르는 체해도 괜찮다.

나의   손을 모르는 사람처럼 뿌리쳐도 괜찮다.

나 또한 그랬으니까

내가 우리 엄마의 문자에 장문의 답을 하지 않아도

내가 우리 엄마의 문자에 그깟 이모티콘 따위를 보내지 않아도

내가 우리 엄마의 손을 잡고 걷지 않아도

내 마음은 그게 아니었으니까

크리스마스가 다가오면 녀석은 좀 더 착한 아이가 된다.
산타할아버지에게 바라는 선물을 받기 위해서는 어쩔 수 없으리라.

그런데
분명 작년까지만 해도 산타할아버지를 굳게 믿고 크리스마스가 한참 남았음
에도 두 손 모아 기도하며 갖고 싶은 선물을 바라고 또 바라고는 했는데, 이제
는 부모님 말씀을 잘 들어야 한다는 걸 눈치 챈 모양이다.

그리고
분명 작년까지만 해도 12월 25일 아침이 되면 나에게 전화해 산타할아버지가
너무도 갖고 싶었던 걸 선물로 주고 가셨다며, 놀라워하고 신기해하며 흥분해
자랑하고는 했다. 한데 이상하게도 올해 크리스마스에는 소식이 없다.

나는 기다리다 참지 못하고 전화한다.
흥분된 목소리로 신나서 자랑하는 녀석의 기분 좋은 목소리가 듣고 싶어서였
으리라. 한데 전화를 받지 않는다. 나는 또 참지 못하고 언니에게 전화를 건
다. 그러자 산타 할아버지의 선물 때문에 화가 잔뜩 나, 아침부터 땡깡을 부리
고 있단다.

분명

며칠 전부터 두 손 모아 기도하며 게임기를 바라고 바랐는데, 전혀 바라지도 않은 고급 샤프(녀석의 표현이다.)와 읽고 싶지 않은 책을 선물로 주었다며, 아침부터 울고불고 한바탕 난리가 났단다.

나는 늦은 오후가 되어 녀석에게로 향한다.

여전히 화가 잔뜩 난 얼굴로 입술은 댓 발 나와 뾰루퉁해서 소파 구석에 앉아 있다. 나의 하찮은 선물 따위는 내밀기도 민망할 정도로 게임기가 아닌 이상 그 무엇도 위로가 될 수 없는 표정이다. 틈만 나면 모바일 게임을 하는 녀석과 매일매일 티격태격하는 제 엄마가 게임기를 사줄 리는 만무했을 테고, 산타 할아버지를 원망하는 척 제 엄마를 원망하고 있는 나름의 시위가 너무도 귀엽다. 그리고 맞은편에 이미 이런 상황을 예상한 듯, 체념한 우리 언니의 단호한 표정이 한편으론 대단하다.

그날 밤

녀석은 도저히 분을 참을 수가 없었는지 끝내 산타할아버지에게 편지를 써, 선물이 들어 있던 빨간 양말에 넣어 현관 앞에 걸어둔다. 왜 자신에게 게임기가 아닌 (고급)샤프를 선물할 수밖에 없었는지 알려달라는 글과 함께

게임기를 선물로 받고 싶어

얼마나 부모님 말씀을 잘 들었는지

얼마나 착한 일을 많이 했는지

얼마나 하기 싫은 공부를 열심히 했는지

조목조목 상세하게도 서술해 놓았다.

어릴 때부터 나름 논술 공부를 시킨 우리 언니의 업보였으리라.

그리고

분명 산타할아버지를 향한 원망이 아니라 부모님을 향한 분노라는 걸, 너무도 명확하게 알 수 있었다. 단지 모른 척하고 있을 뿐

나는 이 흥미로운 크리스마스의 악몽이 어떤 결말이 될지 너무도 궁금했다. 이틀 정도 지나 답장을 받았느냐고 묻는다. 그러자 여전히 너무도 행복하지 않은 얼굴로 산타할아버지가 바쁘신지 아직 답장이 없다고, 그 답이 너무도 궁금한 얼굴로 말한다. 그날 밤 나는 산타할아버지를 대신해 편지를 쓴다. 아니 학교 일로 바쁜 우리 언니를 대신해 쓴다는 게 정확한 표현일 것이다. 나는 (고급)샤프를 선물한 깊은 이유에 대해 나름 의미를 부여한다.

'안녕, 상윤!

나의 선물에 슬퍼하고 있다는 소식을 듣고 이렇게 편지를 보내네. 나의 깊은 뜻을 알아봐 주지 못해 못내 속상하군. 자네는 누구보다 명석한 두뇌를 가지고 있고, 누구보다 훌륭한 학생이란 믿음이 있었기에 더 많은 걸 배우고, 느끼고, 공부해서 대한민국뿐 아니라 전 세계의 많은 이들에게 도움이 될 수 있는 멋진 어른으로 성장할 거로 생각했네. 그래서 그 시간들을 함께 써 내려가며 도와주고 응원해 주고 싶었다네. 그렇기에 그깟 게임기가 아닌 샤프를 선물해 주고 싶었어. 샤프로 더 많은 지식을 채우고 많은 공부를 많은 연구를 할 수 있길 바랐다네. 샤프는 연필처럼 매번 깎아 써야 하는 불편함도 없고 볼펜처

럼 잘못 쓰면 지울 수 없는 것이 아니라 바로 지우고 바로잡을 수 있는 편리함이 있다네. 그렇듯 자네도 잘못한 것이 있다면 고치고 바로 잡을 수 있는 멋진 사람으로 살아가길 바랐네. 그건 나의 바람이기도 하지만 자네 가족들의 바람이기도 할 거야. 그러니 나의 진심을 알아주길 바라네. 그리고 자네 가족들은 자네를 정말 많이 사랑한다는 것도 잊지 말게.

행운을 비네.'

나는 나름의 해석으로 긴 편지를 써, 녀석이 잠들었을 늦은 시간
현관 앞에 걸린 빨간 양말에 편지를 넣어놓고 돌아온다.

또 이틀 정도 지나 아무것도 모른 척 녀석에게 전화를 건다.

"산타할아버지에게 답장이 왔어?"

"그거 이모가 보낸 거잖아. 딱 봐도 이모 글씨던데."

나는 전혀 생각지 못한 대답에 깜짝 놀란다.
얼굴을 마주하고 있었더라면, 범인이라고 자백하는 꼴이었으리라.
가끔 손 편지를 써주었기에 나름 들키지 않으리라 몹시 못나고도 퉁명스러운 글씨로 쓴다고 그렇게 애썼는데, 그걸 알아챘다고?

난 전혀 모르는 일이라며 시치미 뚝 떼고, 아니라고 딱 잡아뗀다.

그러자 녀석은 한숨을 깊게 내쉰다.

'그래. 뭐 아니라고 한다면 까짓것 내가 속아주지 뭐'라고 이야기하듯

한데 녀석의 분노가 조금은 가라앉은 듯하다.

그러면서 "됐어. 이해했어."라고 말해준다.

열 살이 안 된 어린아이지만

스무 살 청년과 대화하는 것만 같다.

뭔가 여전히 찝찝하고 미안하지만

그럼에도 녀석의 분노가 조금은 수그러들었다는 게 다행이었다.

그리고 도무지 이해할 수 없었던 (고급)샤프의 의미를, 제 엄마의 진심을 조금은 이해했으리라.

이 와중에 녀석에게 너무도 고마웠던 건

끝까지 제 엄마를 원망하지 않고

산타할아버지를 원망했다는 것이다.

어른들이 아이들에게 산타할아버지의 존재를 지켜주고 싶어 하듯

어린아이는 어리석은 어른들의 이기적인 마음을 지켜준다.

그 어른스러운 배려가 너무도 고맙다.

나는 진심으로

고급 샤프처럼 자라주길

아니 자라줄 것이라고 믿고 있다.

_ 나도 닭 다리 먹을 줄 알거든

나는 둘째 딸이다.

나는 4남매, 2남 2녀 중 둘째다.
내 위로 언니가 있고 내 밑으로 남동생 둘이 있다.
'남아선호사상'이란 말이 당연하던 시절에 태어났지만
그저 귀하게 자랐다는 생각뿐 딱히 다른 생각을 해본 적이 없다.

그럼에도
난 둘째, 그리고 딸이었다.

〈응답하라 1988〉의 덕선이처럼, 난 둘째 딸이었다.
덕선이가 '나도 닭 다리 먹을 줄 알거든'이라고 울부짖는 대사가
내가 가장 사랑하는 대사가 되어버린, 나는 둘째 딸이었다.

내가 어렸을 땐 치킨을 배달해서 먹는다는 건 감히 상상조차 하지 못했다. 우리 아빠가 퇴근길에 영양센터에서 얇은 백색 종이에 포장된 통닭을 사 오면 먹을 수 있었다. 그날도 여느 때처럼 두 마리의 통닭을 사 왔고, 어린 우리는 언니가 학원에서 돌아오는 시간까지 할머니 방 아랫목 담요 아래 따뜻하게 온기를 보관 중인 통닭을 바라보며, 언니가 빨리 돌아오기만을 기다리고 있다.

드디어 우리 4남매는 할머니 방에 빙 둘러앉는다.

우리 할머니는 여전히 온기가 남아 있는 통닭의 닭 다리 하나를 뜯어 언니의 그 예쁜 손에 쥐어 준다. 그리고 침을 꼴깍이며 기다리는 나에게 닭 날개와 닭 모가지를 내밀며 이렇게 말한다.

"원래 닭은 날개랑 모가지가 제일 맛있는 거야."

난 고개를 갸웃하지만

할머니의 말을 철석같이 믿고 세상에서 가장 맛있는 닭고기를 먹는다.

남동생 둘의 그 귀한 손에도 닭 다리가 들려 있다.

그리고 남은 닭 모가지 하나와 날개를 당신 앞에 가져다 놓는다.

그런 현실에 익숙해져 있던 탓일까?

지금도 치킨 한 마리를 혼자서 시켜 먹을 때면

아직도 닭 다리 두 개가 온전히 나의 몫인 것이 무척이나 어색하고 부끄럽다.

한데 정말이지 그게 그렇게 슬프거나 속상하지 않았다.

그랬기에 그런 감정을 표현해 본 적이 없다.

아니 굳이 표현해야 할 이유가 없었다.

그런 어느 날, 장난삼아 언니에게 그 마음을 표현해 본다.

"너, 둘째가 얼마나 서러운지 아냐?
넌 아마 평생 모를 거다. 내가 얼마나 불쌍하게 살아왔는지."

나는 우리 언니가 어느 정도는 알아주길 바랐는지도 모르겠다.
한데 나의 바람과는 다르게 너무도 당당하게 말한다.

"너, 첫째가 얼마나 불쌍한지 아냐?
넌 아마 평생 모를 거다. 내가 얼마나 불쌍하게 살아왔는지
내가 잘못되면 안 된다는 생각에 얼마나 힘들었는데
내가 어긋나면 안 된다는 부담감에 얼마나 열심히 살아야 했는데."

나처럼 한 번도 표현한 적 없지만
오랜 시간 가슴속 깊은 곳에 꼭꼭 숨겨 두었던 마음속 이야기를 전하며
오히려 큰소리친다.

정말 그랬다.
우리 언닌

단 한 번도, 어긋난 적이 없다.
단 한 번도, 그릇된 적이 없다.
단 한 번도, 바르지 않은 길을 간 적이 없다.

사실 난 아무렇지 않은 척했지만

어쩌면 그 오랜 시간
둘째라는 이유로 스스로에 연민을 느끼며 살아왔는지 모른다.
하지만 언니의 말에 내가 동생일 수밖에 없는 이유를 깨닫는다.

나는
둘째여서 참 다행인지도 모르겠다.

아니
둘째여서 참 다행이다.

그나저나
우리 집 큰아들은
우리 집 막내아들은
스스로에 어떤 연민을 가지고 살아왔을지

문득 궁금해진다.

_ 달랑 두 명이면 된다

관객은 달랑 세 명
우리 할머니, 우리 아빠, 우리 엄마뿐이다.

우리 4남매는 크리스마스이브가 되면
달랑 세 명의 관객을 위한 재롱잔치를 준비한다.

모든 연출은 모두, 우리 언니 몫이다.
우리에게는 그때나 지금이나, 최고의 리더가 있다.

연극도 준비하고, 노래도 준비하고, 하얀색 도화지 위에 크레파스로 그린 그림 편지도 준비하고, 돼지저금통을 열어 꺼내 모은 동전으로 선물도 준비한다. 달랑 세 명의 관객을 위한

'할머니 머리엔 눈이 왔어요. 벌써 벌써 하얗게 눈이 왔어요.
그래도 나는나는 제일 좋아요. 우리 우리 할머니가 제일 좋아요.'

난 아직도 기억한다.
달랑 세 명의 관객 앞에서 수줍게 불렀던 이 노래를

그때의 우리는, 정말 예뻤다.
달랑 세 명의 관객도, 정말 젊고 아름다웠다.

그 달랑 세 명이었던 관객은, 이젠 달랑 두 명만이 남았다.

그때의 정말 예뻤던 우리는, 그때 당신의 나이를 따라가고 있고
그때의 정말 젊고 아름다웠던 당신은, 떠나버린 그녀를 따라가려 하고 있다.

그럼에도
여전히 우리는 재롱잔치를 준비한다.
여전한 최고의 리더와 내 형제 두 명이면 충분하다.
이제는 우리와 함께해 줄 세 명의 든든한 조수도 생겼다.
어쩌면 이젠 그들이 주인공일지도 모르겠다.

우리에게는
블록버스터 영화의 천만 관객 따위도
레알 마드리드의 수만 관중 따위도 필요 없다.
달랑 두 명이면 된다.

우리는 아직 보여줄 재롱이 많이 남아 있다.
우리는 아직 최고의 잔치를 보여주지 못했다.

달랑 두 명의 관객을 위한, 최고의 재롱잔치를

부디

달랑 두 명의 관객을 위한 우리의 재롱잔치가 멈추지 않을 수 있길

제발

아무도 없는 재롱잔치가 되지 않을 수 있길

디어청춘_

살아간다는 건, 청춘의 기억 속에 사는 것

_ 처음은 기억하고 싶지 않아도 기억된다

그 아이
짙은 초록이 오기 전
옅은 연두색 가득한 3월의 따스한 봄날
남산 아래 작은 예대 캠퍼스에서 처음 만났다.

흔치 않은 하얀색 과 잠바를 입은 모습에 그가 방연(방송연예)과 신입생이라
는 사실을 한눈에 알아차릴 수 있었다. 나는 젊음을 뽐내듯, 눈부시도록 새 파
란색 과 잠바를 입은 시디(시각디자인)과 새내기였다. 무슨 용기에서였는지
그 아이를 처음 보고는 친구로 지내고 싶다고 먼저 말을 건넸다. 그리고 그날
부터 그 아이에게 받은 삐삐번호로 100일 동안 매일 음악 선물을 보냈다.

그렇게 나의 첫사랑은, 아니 짝사랑은 시작되었다.

나의 대학 생활은 모든 것이, 그 아이였다.
명동역 1번 출구로 나와 강의실로 올라가는 비탈진 언덕길에서도, 본관 안 작
고도 붐비는 학교 식당에서도, 생활관에서의 수업 중 커다란 유리창 너머로
보이는 수많은 계단에서도, 정문 앞 우리들의 술자리를 책임졌던 까스등에
서도, 그 아이를 찾고 있었고 기다리고 있었다. 그 아이가 자주 들르던 카페
niki를 지나치기 위해 지름길을 두고는 먼 길로 돌아가야 했고, 그곳을 들르

기 위해 친구들의 커피 값은 늘 내 몫이었다.

그런 내가 안 돼 보였는지, 만화를 유난히도 잘 그리던 복학생 유용 오빠는 그 아이를 그림으로 그려주겠다고 했다. 나름 미대를 다니기에 누릴 수 있는 낭만 내지는 특권이었으리라.

그 아이가 자주 들르던 카페 niki에 앉아 우리는 각자의 일행과 그 아이를 기다린다. 다행히도 얼마 지나지 않아 그 아이가 들어온다. 늘 함께인 단짝 친구와 함께. 나는 저 아이라고 눈짓으로 알려준다. 그렇게 짧고도 긴, 길고도 짧은 시간이 흘렀고 그 아이는 언제나 그렇듯 인사만을 주고받은 채 떠나갔다. 그제야 오빠는 내게 다가와 그림을 내민다.

한데 오빠가 내민 그림 속 주인공은 그 아이가 아닌, 그 아이의 친구였다. 두 남자 중 누가 봐도 잘생긴 그 아이의 친구를 좋아할 거로 생각했단다. 젠장. 그 아이의 그림이라도 간직하고 싶었던 난, 참 슬펐다.

그 아이가 스물한 살 생일을 맞이했을 땐
'당신의 꿈을 응원합니다'라는 글로 학교 앞마당에 대자보를 붙여 축하해 주었고 이백 열 송이의 빠알간 장미꽃도 함께 선물해 주었다. 그럼에도 그 아이와 주고받은 대화는 2년이 되도록 채 스무 마디가 되지 못했다. 그 아이보다 모든 게 하찮았던 나로서는 처음 친구로 지내고 싶다고 다가갔던 용기가, 내가 할 수 있는 전부였으리라.

그렇게 나 혼자 애태우고, 나 혼자 상처받고, 나 혼자 질척이는 동안 그 아이는 개그클럽 선배들의 도움으로 방송 활동을 시작하며 휴학을 여러 번 했다. 그리고 어느덧 시간은 흘러 난 졸업을 맞이했다. 졸업식 날 혹시라도 만나게 될까, 밤새워 준비한 편지는 끝내 전해주지도 못한 채

광고 일을 하고 싶어 시각디자인과를 선택했는데
나는 스타일리스트가 되어 있었다.
아마도 이 일을 선택한 수만 가지 이유 중에
그 아이도 있지 않았을까

일을 시작하고는
난 누군가를 생각하고, 그리워하고, 추억할 겨를도 없이 참 많이 바빴다.

그렇게 몇 해를 보내던 어느 날
내가 담당하는 배우는 새해에 방송 예정인 드라마 홍보를 위해 12월의 마지막 날, 한 방송국의 시상식에 참석해야 했다. 근사하게 차려입은 그를 무대 위로 올려보내고, 모니터도 볼 수 없을 만큼 붐비는 많은 사람을 피해 객석으로 향한다.

그리고 객석으로 향하는 계단을 한 칸 내딛는 순간

나는 연두색 가득한 3월
따스했던 봄날의 그 떨리는 감정을 다시 마주한다.

나의 대학 생활의 전부였던 그 아이
그리고 오래전 그날, 날 슬프게 했던 그림 속 친구 그 둘은 내가 내디딘 계단 끝에 쪼그린 채 웅크리고 앉아, 그 아이의 스물한 살 생일을 축하하며 썼던 대자보의 글귀처럼 그들의 미래를 꿈꾸고 있었다. 그리고 그게 내 삶에서 그 아이를 본 마지막이었다.

아마도
스타일리스트라는 직업을 선택한 수만 가지 이유 중에
구천구백아흔아홉 가지의 이유였을 그 아이

어쩌면
살아가면서 수백 번, 수천 번은 더 떠올렸을지 모를
그 아이와의 우연한 만남이 그렇게 끝이 났다.

사실은 잘 기억나지 않는다.

아마도 안녕도 아닌, 묵례도 아닌
어색하고도 쭈뼛한 눈인사 정도 나눴던 것 같다.
아니 내가 눈이 마주친 순간, 그냥 모른 척 고개를 돌렸던 것 같기도 하다.

정말이지 너무 놀라 정확한 기억은 없지만

한 가지 유일한 기억은, 그 아이와 눈이 마주친 그 순간이 그저 미안할 뿐이었다는 것이다. 그림으로라도 간직하고 싶었던 그 그립고, 그리웠을 얼굴을 제대로 쳐다보지도 못한 채 급하게 고개를 돌려야 했을 만큼

아직은 그 무대에 초대받지 못한 채

몰래 객석 계단 끝에 쪼그려 앉아 미래를 꿈꾸었을 그 아이에게는

어쩌면 아무에게도 들키고 싶지 않은 모습은 아니었을지 한동안 맘이 쓰였다.

하지만

나는 이제, 그때의 내가 아니었다.

그 아이 때문에 내 삶이 쿵쾅대고

그 아이 때문에 내 세상이 무너지고

그 아이 때문에 내 눈물이 멈추지 않던

나는 이제 더 이상

스무 살, 그때의 내가 아니었다.

그저 잠시 주춤했을 뿐

그저 며칠 헤매었을 뿐

그저 맘이 심하게 아렸을 뿐

그럴 겨를도 없이

나의 꿈을 위해

다시 일상을 살아간다.

내 삶이 그 아이가 아닌
내 꿈을 향해 그렇게

그렇게 내 삶이 꿈을 향해 가던 어느 날
그 아이가 결혼한다는 소식을 한 포털사이트의 기사를 통해 접했고, 또 몇 해
가 흘러 무료하게 리모컨을 돌리던 나는, 잘못 눌린 TV의 한 채널에서 그 아
이가 배우가 아닌 경제 프로그램의 진행자로 지내고 있다는 사실을 알게 되었
다. 정말 신기할 정도로 우연찮게 소식을 접하고 있었다. 비록 어릴 적 꿈을
이루지는 못했지만, 지금이 꽤 잘 어울려 보였다.

그리고 오래전 그날
날 슬프게 했던 그림 속 그 아이의 친구는 오랜 고생 끝에 멋진 배우로 살아가
고 있다.
다들 그렇게 각자의 꿈을 향해 살아가고 있었다.

스무 살

지금 생각해 보면

연두색 가득한 3월보다
더 싱그럽고 푸르렀을
내 청춘이다.

짙은 녹색이 되기 전
옅은 연두색처럼

참 설익고 모자랐기에
참 여리고 연약했기에

온 힘을 다해 지켜주고 싶은
우리들의 청춘이다.

그 소중한 시간을
더 의미 있게 만들어 준
내 첫사랑, 아니
내 짝사랑에게
고마웠다고

덕분에 내 스무 살이 더 근사했다고
덕분에 내 스무 살이 더 반짝였다고
덕분에 내 스무 살이 더 눈부셨다고

졸업식 날 전하지 못한 내 진심을
20년이 더 지난 지금에라도 전해보려 한다.

누구에게나 처음은, 기억하고 싶지 않아도 기억된다.

나에게 나의 첫사랑이 그렇듯
우리에게 우리 모두의 첫사랑이 그렇듯

내가 우리 엄마 나이가 되어도
나의 스무 살을 떠올리면 가장 먼저 기억될 그 아이

스무 살에 처음 만나 마흔이 넘은 지금에도
나에겐 여전히 그 아이로 기억된 그가

나의 철없는 기억처럼
늘 그렇게 철없는 청춘이기를 바라본다.

나의 따뜻한 추억처럼
늘 그렇게 연두색 가득한 3월의 따스한 봄날이기를 바라본다.

_ 경자 순수했던 이름만큼

우리 엄마가 그토록 궁금해하지만 그녀는 모르는 서로의 비밀을 나누고, 그 같잖은 비밀을 지켜주겠노라 새끼손가락 걸고 엄지 도장을 찍어가며, 고르고 고른 편지지 가득 지우고 지워가며 밤새도록 연필로 끄적인 손 편지를 주고받고, 그 편지 한 통이 어느 소년과의 연애편지보다 더 설레는, 그저 우정이라는 두 글자에 최선을 다하는

우리는 열여덟, 고등학교 2학년이다.

내 단짝 친구 경자는 나의 열여덟 번째 생일을 기억해 주며
그날 학교를 일찍 오라며 신신당부한다.

2학기가 시작된 지 얼마 지나지 않은 가을을 앞두고
마침내 마주한 나의 생일날

아침 보충수업이 한참 남은 이른 시간에 우리는 등교했고, 2학년 9반 우리 교실에서 앞뒤로 앉은 서로의 책상과 걸상을 빼내어 학교 맨 끝자락의 계단 꼭대기, 아무도 오지 않을 거라 굳게 믿고 있는 구석진 복도로 올라간다.

그곳에서 경자는

직접 준비한 열여덟의 우리만큼이나 어여쁜 분홍색 꽃장식이 가득한 초코케이크에 불도 붙여주고, 둘만이 알아들을 수 있는 작은 목소리로 생일 축하 노래도 불러준다. 며칠 밤을 영어 단어를 외우는 대신 그렸을 눈부시게 아름다운 그림은 그 무엇보다 귀한 선물이었다. 전교생이 아침 보충수업을 하는 동안 우리는 둘만의 일탈을 즐기며, 그렇게 둘만의 추억을 쌓아가고 있다.

그 위대하고 위태로운 시간 앞으로 뚜벅뚜벅 발걸음 소리가 다가온다.

영화 〈여고괴담〉의 한 장면이 아닌, 지금 우리 앞에 펼쳐진 현실임을 직감한 우리는 쌍꺼풀이 없는 서로의 두 눈이 이토록 커질 수 있을까 싶을 정도로 놀라 마주 보았고, 아직은 이 공포영화의 클라이맥스를 장식할 그 누구도 등장하지 않았지만, 마치 사냥꾼이 쏜 총에 맞아 고꾸라진 새들처럼 가냘픈 고개를 90도로 꺾은 채 울기 직전의 모습을 하고 있다.

얼마 지나지 않아 뚜벅뚜벅 발걸음 소리가 멈추고, 낭만 가득한 청춘 영화에서 질리도록 무서운 공포영화로 치닫고 있는 우리의 절정 시간을 액션, 혹은 스릴러, 혹은 코미디로 규정지어 줄 한 사람이 등장한다.

아침 일찍부터 학교 곳곳을 두루 살피시던 교감 선생님께서
우리 앞에 세상에서 가장 무서운 얼굴로 서 계신다.

이미 파티가 끝나 슬프게 녹아내린 열여덟 개의 초가 꽂힌 초코케이크와 며칠 밤을 영어 단어를 외우는 대신 그렸을 경자의 아름다운 그림과 '잘못했습니

다'라는 그 한마디를 차마 입 밖으로 내지 못하고 목구멍 안으로만 얼버무리고 있는 울기 직전의 우리를 보고 계시리라.

"다른 학생들 모두 이른 아침부터 나와서 공부하고 있는데, 이게 뭐 하는 짓이지? 얼른 내려가."

한참을 바라보시더니 이 한마디를 하시고는 더 이상의 호통도, 꾸중도, 채찍도 없이 돌아내려 가신다.

총에 맞아 고꾸라진 새들처럼
책상과 걸상을 포개 들고 복도 계단을 힘겹게 내려가는 우리를 상상했는데, 담임 선생님께 불려 가 반성문을 쓰고 교무실 한구석에서 벌을 서고 있을 우리를 상상했는데, 우리 반 친구들에게 그럴 줄 알았다며 하루 종일 놀림거리가 되어 있을 우리를 상상했는데, 우리는 어리둥절해하며 또 한편으로는 천만다행이란 표정으로 여전히 놀라 커져 있는 쌍꺼풀 없는 두 눈으로 그렇게 서로를 마주 본다.

그러고는
아무도 오지 않을 거라 굳게 믿었던 구석진 복도 끝자락을 원망하며, 더 이상 한마디도 하지 못하고 보충 수업이 끝나는 종이 울릴 때까지 고꾸라진 고개를 박제한 채, 그렇게 나름의 벌을 서고 있었다.

나의 어여뻤던 열여덟의 생일파티는, 그렇게 끝이 났다.

어느덧 세월이 흘러
아이들의 교복 입은 모습만 봐도 가슴 뭉클한 나이를 마주한다.
어느덧 세월은 흘러
철없는 우리를 지켜주셨던 당신의 나이를 따라간다.

우리를 올바르게 이끌어 주셔야 하는 어른이었기에 한마디 다그치셨지만, 순수하기 그지없던 철없는 여고생 둘의 아름다운 일탈을 헤치려 하지 않으셨던 그 배려 깊은 용서를 이제야 알아차린다.

그때 그 배려에 고맙습니다, 라는 한마디를 하지 못한 것이
못내 마음에 걸린다.

그날 이후 혹시라도 우리를 기억하실까
당신의 그림자라도 보일 때면 도망가기 바빴던
겁 많고 철없던 시절의 우리였다.

열여덟
그때의 우리는 경자, 라는 이름만큼이나 순수했다.

_ 서태지는 너에게 말했다

이제 막 고등학생이 된 우리는 등교하자마자 점심시간을 기다린다. 우리가 그토록 애타게 점심시간을 기다리는 이유는 배가 고파서가 아니다. 방과 후 보충수업까지, 하루에 두 개씩 싸 들고 온 도시락 중 하나는 이미 2교시가 끝나자 까먹었을 테고, 그럼에도 우리는 점심시간을 애끓게 기다린다.

서. 태. 지. 와. 아. 이. 들. 의. 난. 알. 아. 요.

이제 막 고등학생이 된 1학년 10반 소녀들의 점심시간이 시작되자 들려오는 이 노래 한 곡. 마치 월요일 아침 대강당에서의 조회 시간에 전교생이 교가를 제창하듯, 우리는 떼창 한다.

점심시간, 우리 학교 방송반에서 들려주는 이 노래 한 곡이 찌든 우리를 버티게 해준다. 그리고 주말이 되면 그 노래 한 곡 한 곡을 모두 듣고 볼 수 있는 음악방송을 기다린다. 인터넷도 핸드폰도 흔치 않았고, 더군다나 카세트테이프를 살 돈도 귀했던 우리들은 라디오에서 좋아하는 음악이 나오면 공테이프에 녹음해서 몇 번이고 돌려 듣던 시절이었다. 그랬기에 그게 하루의, 일주일의 유일한 낙이었다.

한데 난 궁금한 게 있었다.

왜 우리 엄마는 서태지의 음악을 좋아하지 않는 걸까?
왜 우리 엄마는 주말의 음악방송을 기다리지 않는 걸까?

나는 궁금했다.

다행스럽게도 노스트라다무스의 예언이 보기 좋게 어긋났기에 맞이할 수 있었던 2000년도, 벌써 이십 년을 더 지나 보낸다.

그 시절 서태지의 음악이 우리를 버티게 했듯
지금 BTS의 음악이 우리의 청춘들을 견디게 해준다.
아니 전 세계의 청춘들이 그들의 음악에
입을 맞추고, 사랑을 하고, 이별도 하고, 멋진 꿈을 꾼다.

누군가의 음악에
우리 할머니의 청춘이 그랬듯
우리 부모님의 청춘이 그랬듯
나의 청춘이 그랬듯

한데 나는 그들의 음악이 이제 막 고등학생이 된 우리의 점심시간을 그토록 애타게 기다리게 했던 그때처럼 막 그렇게 설레거나, 막 그렇게 기다려지거나, 막 그렇게 흥분되지 않는다. 여전히 그때의 지친 나를 위로해 주던 그 시절, 그들의 음악이 좋다. 우리 엄마가 그때 왜 서태지의 음악을 좋아하지 않았는지 이제야 알 것 같다.

매주 늦은 월요일 밤, 우리 할머니

어른들이나 보는 9번 채널에서 방송되는 〈가요무대〉를 보셨다. 무슨 일이 있어도 그날만큼은 늦은 밤까지 깨어서 보시고는 했다. 이제 막 고등학생이 된 내가 점심시간의 노래 한 곡을 그토록 애타게 기다렸듯, 우리 할머니도 그렇게 월요일을 기다리셨을 것이다.

당신의 청춘이 위로받던 노래 한 곡을 떠올리며

어느 늦은 월요일 밤, 우리 엄마

어른들이나 보는 9번 채널에서 방송되는 〈가요무대〉를 보고 있다.

세월이 흐른다는 건

내가 우리 엄마의 길을

우리 엄마가 우리 할머니의 길을

가는 것이었다.

결국

내가 우리 엄마가 되고

우리 엄마가 우리 할머니가 되고

내가 우리 할머니가 되는 것이리라.

우리 시대의 BTS, 서태지는 말했다.

'어른들은 항상 내게 말하지, 넌 아직도 모르고 있는 일이 더 많다고'

서태지와 아이들 〈너에게〉

나는 어른이 되었는데도, 아직도 모르고 있는 일이 더 많다.

_ 끝내 그녀의 손을 잡지 못했다

우리 중학교는 꽤 재단이 큰 미션스쿨이었다.

그래서였을까, 곳곳은 참으로 웅장하고도 멋스러웠고 아름답고도 섬세했다.

그런 공간 중 내가 가장 좋아하는 대강당에서 우리는 매주 목요일 아침이면 예배를 지냈다. 한쪽 구석에 오래된 그랜드 피아노가 놓인 성스럽고 경건한 그곳에서

그날은 그 멋진 공간에 특별한 손님이 초대되었다.

사고로 양쪽 손을 잃은 작은 소녀가 피아노 연주를 들려주러 와 준 것이다. 중학교 3학년인 나보다 한참 작은 그녀를 소개하기 위해 난 그녀의 손을 잡고 전교생 앞에 서야 했다.

예배 마지막 순서를 기다리며 무대 뒤에서 대기 중인 나에게 선생님께서는 그녀의 손을 잡으라고 말씀하신다. 몇 번이고 당부하신다. 어쩌면 그녀의 연주보다 사고로 안타깝게 잃은 그녀의 손을 잡고 등장하는 모습이 그날의 하이라이트였는지도 모르겠다.

한데

나는 끝내 작은 소녀의 손을 잡지 못한 채

그녀를 무대 위로 안내한다.

눈물이 펑펑 쏟아질 만큼 감동적인 연주를 마치고 내려오는 작은 소녀를
차마 쳐다보지 못한다.
그녀를 예배당 밖까지 배웅하면서도 차마 고개를 들지 못한다.

그리고 그 죄책감은 꽤 오래갔다.

대학교 1학년, 교양수업 첫 강의가 시작되는 날이다.
교수님께서는 당신의 수업을 들어도 되고
봉사활동으로 대체해도 된다고 말씀하신다.

나는 중학교 3학년
차마 잡지 못한 작은 소녀의 외로웠을, 슬픈 손을 떠올리며

나 또한 오랜 시간 많이도 슬퍼했음을 떠올리며
나 또한 오랜 시간 많이도 아파했음을 떠올리며
나 또한 아직 겁 많은 어린 소녀였음을 떠올리며

오랜 시간 안고 지나온 죄책감을 씻어보려 한다.

나는 이제라도
내가 먼저 손 내미는 방법을 배워보려 한다.

_ 무거운 마음으로 벌 받다

중학교 졸업식을 끝마치고 마지막 인사를 하러 간다.
2년 동안 나의 담임 선생님이었던, 당신께

서로의 눈이 마주치자 우린 부둥켜안고 울기 시작한다.
단지 선생님과 학생으로서의 인연이라고 하기에는 너무도 북받쳐 눈물이 흐른다. 마치 우리 할머니의 마지막 품에 안겨 울 듯, 당신의 품에서 시럽게 울었다. 나는 당신 눈물의 의미를 정확하게 알지는 못했지만 나의 눈물은 그저 감사함과 죄송함의 눈물이었으리라.

고등학생이 되고 찾아온 첫 스승의 날
우리 학교 앞에서 샀을 카네이션 한 송이와 아마도 엄마가 챙겨주었을 작은 선물을 들고 중학교 앞을 서성인다. 한데 끝내 당신을 보지 못한 채 그렇게 집으로 돌아왔다.

사실 난 과분하게도 중학교 3년 내내 우리 반을 이끌어 왔고
더 분에 넘치게도 3학년이 되어서는 우리 학교를 대표하는 학생이었다.
그랬기에 선생님과는, 참 각별했다.

그런 시간 속에 한참 사춘기를 보내던 나는, 참 삐딱했다.

별다른 일탈을 하지는 않았지만, 공부를 등한시했다. 그렇게 고등학생이 되어 성적은 점점 떨어졌고 자부심 가득한 우리 학교에 부끄러운 존재가 되는 것 같은 죄책감이 컸다. 조금 더 괜찮은 사람이 되어서 당신을 만나고 싶었다.

그렇게 고등학생이 되어 처음으로 맞이한 스승의 날
당신이 보고 싶어 중학교 앞을 서성이다 그냥 돌아온 그날
그러고는 20년도 더 지난 세월을 흘려보낸다.

30대 끝자락을 얼마 남겨두지 않은 12월의 어느 날
문득 그해를 시작하며 세워두었던 계획들을 꺼내본다. 남아 있는 며칠 동안 할 수 있는 것은 많지 않았다. 그때 '홍선자 선생님 찾아뵙기'란 글귀가 눈에 박힌다. 매년 그렇게 다짐했었는데, 뭐 그리 대단한 삶을 산다고 그깟 거 하나 지키지 못하고 20년을 흘려보냈는지

난 그제야 조바심 난 사람처럼 책장 한 구석에 꽂혀 있는 중학교 졸업앨범을 꺼낸다. 앨범 마지막 페이지에서 당신의 이름을 찾고 전화번호를 찾는다. 잠시 망설였지만, 곧바로 집으로 전화를 건다. 한데 없는 번호라는 안내 메시지만 흘러나온다.

무심하게 지나온 20년의 세월을 절실하게 깨닫는다.

몇 번 더 없는 번호로 전화를 걸어본다.
몇 번이고 전화를 걸어 없는 번호라는 안내 말을 수십 번은 확인하고, 다시 한

번 용기를 내어 학교로 전화를 건다. 졸업생이라고 밝히고는 당신의 안부를
묻는다. 현재 학교에는 계시지 않는다며, 다시 연락을 주겠단다.

수많은 상상을 하며 기다린다.
지나온 20년의 세월보다 더 길었을 두 시간쯤 지나, 전화벨이 울린다.

당신과는 영원히 연락할 수 없다는 말을 전해준다.
다른 가족분들의 연락처라도 알 수 없겠느냐 물었지만 알려줄 수 없다고 한다.

무심하게 지나온 20년의 세월을 절절하게 깨닫는다.

졸업식 날, 당신 품에 안겨 울었던 것처럼 서러운 눈물이 마구 쏟아져 나온다.
죄송함 그리고 후회의 눈물일 것이다.

나는 이제, 당신께 받은 그 빚을 평생 갚지 못한 채
죽을 때까지 이 무거운 마음을 안고 살아가야 한다.
우리 할머니에게처럼

먼 훗날 당신을 다시 만나게 되면
그때 이 무거운 마음 모두 내려놓을 수 있길

그때까지 이 버거운 마음으로 벌 받다, 가겠습니다.

당신의 따뜻한 가르침, 진심으로 고맙습니다.
그리고 너무도 죄송합니다.

Dear my teacher

01.

담임 선생님께서 예정에 없던 시험지를 나눠주시면서
문제를 다 풀면 제출하고 나가도 된다고 말씀하신다.

초등학교 6학년 3반에서의 일이다.

가벼운 테스트였고, 별 부담 없이 문제를 풀어나간다.
막힘없이 문제를 풀어나가던 중, 주관식 한 문제의 답이 맴돌기만 할 뿐 생각
이 나질 않는다. 거침없이 마지막까지 풀고서는 다시 그 문제를 마주하는데,
아무리 머리를 쥐어짜도 생각이 나지 않는다.

내 짝꿍은 우리 반 반장 호석이다.
녀석은 단추 구멍이라는 별명을 가진 아주 작은 눈을 한, 참 똑똑하고 선한 친
구다. 그런 녀석은 이미 문제를 다 풀었지만, 짝꿍으로서 의리를 지키기 위해
나름 기다리고 있는 모양새다. 친구들이 한두 명씩 시험지를 제출하고 밖으로
나간다. 초조해진 나는 어떻게든 생각을 떠올리려 애쓴다. 그때 호석이는 내
가 그 한 문제를 풀지 못해 전전긍긍하고 있다는 것을 눈치 챈 모양새다. 나는
여전히 답을 떠올리려 애쓰고 있다.

그때 내 머릿속에 문제의 답이 떠올랐고

그때 내 짝꿍 호석이는 나를 배려해 준답시고 답이 적힌 그의 시험지를 내민다.

내 머릿속에 그 문제의 답이 명확하게 떠오른 찰나

엉겁결에 녀석이 내민 시험지의 답을 정확하게 보고 만다.

나는 분명 답을 알았다.

하지만 그 답을 적지 않은 채 시험지를 제출한다.

도저히 그 답을 적을 수 없었다. 도저히

그때의 나는 참 정직했다.

그때의 나는 참 올발랐다.

그때의 나는 참 정의로웠다.

02.

대학 1학년, 이론 과목의 필기시험을 앞두고 나 혼자 분주하다.

컨닝 페이퍼를 만들고 있다.

나는 참 정직하고

나는 참 올바르고

나는 참 정의로운 아이였다.

분. 명. 그. 런. 때. 가. 있. 었. 다.

_ 고작 스물다섯 벌써 스물다섯

영화 작업을 함께하는 아리따운 청춘과 마주하고 밥을 먹는다.

그녀는 이제 고작, 스물다섯이란다.
그런 그녀는 벌써, 스물다섯이란다.

참 예쁘다.
그녀의 스물다섯, 그 꽃 같은 나이가

그녀는
스무 살에 사회생활을 시작해서인지 스물다섯이라고 하기엔 무척이나 성숙해
보인다. 그래도 마흔인데 서른다섯쯤으로 보이는 것보다 행복한 일 아닌가.
어쨌든 서른다섯쯤으로 보이는 마흔은 죽어도 돌아갈 수 없는 스물다섯이니까

난 내 앞에 앉은
이제 고작, 스물다섯이 된 이 꽃 같은 청춘의 연애가 궁금해졌다.

"○○ 씨는 남자친구 있어요?"

"아직 없어요. 모솔 (모태솔로)이에요."

"이상형이 어떻게 돼요?"

그러자 이제 고작, 스물다섯이라는 이 꽃 같은 청춘이 답한다.

"일단 키는 180cm가 넘어야 해요. 키가 제일 중요해요. 그리고 피부는 하얘야 해요. 쌍꺼풀은 짙지 않아야 하고 그렇지만 눈은 컸으면 좋겠어요. 손가락은 가늘고 길었으면 좋겠고, 말랐지만 적당한 근육이 있었으면 좋겠어요. 아, 웃을 때 예뻐야 해요. 그리고 옷은 센스 있게 잘 입어야겠죠?"

그녀가 나열하는 열다섯 사춘기 소녀의 일기장에나 등장할 법한 이 진부하고도 거만한, 이 기고만장에 오만방자까지 한 기막힌 문장들에 나는 한편으로 안심이 되었다.

미안한 말이지만 사실 그녀를 의심하고 있었다.
스물다섯이라고 하기엔 너무도 성숙해 보이는 그녀의 나이를
아직 연애를 한 번도 해 보지 못했다는 그녀의 내숭을

한데 그녀는 스물다섯이 맞았다.
그리고 아마도 짐작건대 모솔이 맞을 듯싶었다.
그게 아니고서는 달리 설명할 수 없는, 나름 주어와 서술어가 존재하는 문장이었다.

차라리 더해

흰 와이셔츠에, 넥타이를 풀어 헤치고, 소매를 대충 걷어붙인 채, 열심히 일하는 남자라는 더 진부하기 짝이 없는 이 한 문장이라도 더했으면 어땠을까 싶은 지경이었다. 또 진부하고도 뻔한 서술은, 적어도 '열심히 일하는'이라는 애티튜드를 담고 있지 않은가

처음으로 스물다섯이 부럽지 않은 순간이었다.

그리고
목구멍까지 하고 싶은 말들이 차오른다.
다행히 주인 아주머님께서 정성스레 지어 내어주신 흰쌀밥으로
생일도 아닌데 홍합을 넣어 시원하게 끓여주신 미역국으로
달달한 물엿이 듬뿍 들어가 달콤하기 그지없는 어묵볶음으로
그 목구멍까지 차오른 말들을 간신히 꾹꾹 눌러 내린다.

우리는 청춘이기에 말도 안 되는 상상을 할 수 있고 꿈꿀 수 있다.

말. 도. 안. 되. 는. 이라는 말이
그래서 청춘이 아름다운 것인지도 모르겠다.

그래도 청춘은

그. 말. 도. 안. 되. 는. 무. 엇. 이. 든. 꿈. 꿀. 수. 있. 으. 니

분명
나도 지나왔을 꽤 낭만적이고도 아름다운

그러나
무지했기에 미련한 청춘이었다.
미지했기에 어리석은 청춘이었다.

그리고
그러했기에 청춘이었다.

나는
이제 고작, 스물다섯의 그녀가
부디 꿈꾸는 이상형을 만나길 바란다.

그리고
이상형이 하나씩 하나씩 변해가면서 세상을 알아가듯
그렇게 깨지고, 부딪히고, 무너지고, 깨달으며
또다시 새로운 꿈을 꾸며 살아갈 수 있길 바라본다.
진심으로 이제 고작, 스물다섯의 그녀를 응원한다.

그리고

진심 어린 응원과 함께 마음속 깊이 한 가지 당부해 본다.

부디 당신이 꿈꾸는 그런 사람에게 어울리는 사람이 되어 가길

나는
나의 꿈에 충분히 어울리는 사람인가?
나의 꿈을 위해 충분히 노력하고 있는가?

그렇지 않다면

그 꿈이 내 것이 될 거라는 망상은 버리라고
마음속으로 그 진실이 전해지길, 진심으로 바라본다.

그나저나
나는 그 무모한 꿈을 꿀 수 있는
스물다섯, 그 청춘이 무지 부럽다.

_ 좋은 놈 그리고 나쁜 놈

잘 생겨서 좋은 남자가 있다.
하지만 못생겨도 좋은 남자가 있다.

키가 커서 좋은 남자가 있다.
하지만 키가 작아도 좋은 남자가 있다.

가진 것이 많아서 좋은 남자가 있다.
하지만 가진 것이 없어도 좋은 남자가 있다.

옷을 잘 입어서 좋은 남자가 있다.
하지만 옷을 못 입어도 좋은 남자가 있다.

하지만

똑똑해서 좋은 남자는 있어도
무식해서 좋은 남자는 없다.

예의가 발라서 좋은 남자는 있어도
개념이 없어서 좋은 남자는 없다.

일을 잘해서 좋은 남자는 있어도
일을 못해서 좋은 남자는 없다.

배려해서 좋은 남자는 있어도
무시해서 좋은 남자는 없다.

친절해서 좋은 남자는 있어도
불친절해서 좋은 남자는 없다.

겸손해서 좋은 남자는 있어도
교만해서 좋은 남자는 없다.

진심이어서 좋은 남자는 있어도
허세 부려서 좋은 남자는 없다.

진실을 말해서 좋은 남자는 있어도
거짓을 말해서 좋은 남자는 없다.

의리가 있어서 좋은 남자는 있어도
도리가 없어서 좋은 남자는 없다.

이타적이어서 좋은 남자는 있어도
이기적이어서 좋은 남자는 없다.

용감해서 좋은 남자는 있어도
비겁해서 좋은 남자는 없다.

보이는 것은 각자 나름대로 매력이 있다.
하지만
태도는 그 사람을 두 가지로 정의할 뿐이다.

좋은 놈과 나쁜 놈

자, 당신은 어떤 놈과 함께하길 원하는가?
자, 당신은 어떤 놈으로 살아가길 원하는가?

P.S

남자들이여, 부디 화내지 마라
남자를 여자로 바꿔 대입하라
그거면 된다.

_ 견딜 수 있을 만큼만

세상이 힘든 모든 이들이
그저 견딜 수 있을 만큼만 아팠으면 좋겠습니다.

디어드림_

살아간다는 건, 꿈을 꾸는 것

[STYLIST & DAUGHTER]

스타일리스트 그리고 딸
나의 명함에 적힌, 나의 직업이다.

누군가의 어시스턴트가 아닌, 스타일리스트라는 타이틀을 내 이름 앞에 당당
하게 쓸 수 있게 되고 명함이란 걸 처음으로 만들게 된 나는
딸, 이라는 직업을 하나 더 부여한다.

딸, 노릇이라고는 제대로 하는 게 없는 나는
그렇게라도 나를 다잡고 싶었는지 모르겠다.

그리고
내 손바닥보다도 작은 한낱 종잇조각에 불과했지만
나, 라는 사람의 아주 큰 꿈을 담은 그 공간에
나, 라는 사람을 담고 싶었다.

그래서
내가 꿈을 꾸는 모든 이유인 가족들의 이니셜과 그들을 향한 메시지, 내 꿈이

시작된 날짜, 내가 사랑한 시절을 담은 숫자, 청춘이라는 두 글자, 언젠가 꿈을 이룬다면 입고 싶은 질 샌더 슈트 그리고 Naul, 나얼이라는 이름을 함께 나열한다. 그의 이름에는 괄호 열고 위로 괄호 닫고의 의미가 담겨 있었다.

내 손바닥보다도 작은 한낱 종잇조각에 불과했지만
나만이 알아차릴 수 있는 보잘것없는 언어들이었을 테지만
나, 라는 사람을 아무도 모르게 담았고
나, 라는 사람의 수줍은 다짐과 야무진 꿈을 담았다.

나의 거대한 꿈이 누군가에게 하찮게 버려지지 않길 바라며

그렇게
스타일리스트로서
최고의 시간은 못되었을지라도
최선의 시간을 지나왔고
이제는 딸, 이란 직업에
모든 걸 쏟아보려 한다.

여전히 미천할지라도
여전히 비천할지라도

다시

최고의 시간은 못될지라도

최선의 시간을 보내보려 한다.

_ 미친 듯이 졸다 말고

압구정동으로 가는 710번 버스(현 143번)에 올라 내 몸집보다 큰 짐가방을 양쪽 어깨에서 내려놓자, 텅 비어 있던 맨 뒤 구석 창가 자리에 털썩 주저앉은 나는 졸음이 밀려온다. 일을 시작하고는 단 하루도, 단 한 시간도 마음 놓고 잠들지 못한 것 같다.

매일매일 버겁기만 한 일정을 가까스로 해내고 있는 나는, 갑작스레 일정이 추가될까 핸드폰이 울릴 때마다 심장은 쪼그라들었고 늦잠을 잘까 새벽에도 몇 번씩은 깨어 시간을 확인해야 했다. 더군다나 작은 실수라도 하게 될 때면 방송을 통해 적나라하게 까발려져야 했기에 하루하루가 말 그대로 숨 막히는 긴장의 연속이었다.

그런 일상 속 나는 버스를 타는 짬짬이 모자란 잠을 채운다. 내 몸집보다 큰 짐가방을 두 개나 들고 오른 이 버스 안에서도 여전히 닭이 모이를 쪼듯 그렇게 버스 유리창에 내 머리를 쪼고 있다.

아픈지도, 부끄러운지도, 창피한지도 모른 채 그렇게
시간이 흐르자 좀 더 과격하게 그렇게
버스 유리창을 깨부수기라도 하듯 머리를 박아대고 있다.
아무렇게나 굴려도 오뚝오뚝 일어서는 오뚝이마냥

사방을 사정없이 휘두르고 있다.

그렇게 가구가 아니라 과학이라는 내 방 침대에서보다 더 양질의 잠을 청하고 있는데 어디선가, 누군가가 움직이는 인기척이 느껴진다. 여전히 깊게 잠들지 못하고 긴장 속에 오뚝오뚝 졸고 있던 나는 가까스로 눈을 뜬다. 그렇게 눈을 뜨자 내 어렴풋한 시선에 누군가 재킷을 펼쳐 입고 있다.

찰나
놀란 나는 펼쳐진 재킷으로 손을 뻗었고
그의 팔을 잡아 재킷 소매로 넣어준다.

나는 옷이란 걸
정성스레 준비하고, 조심스레 입혀주고, 멋스럽게 매무새를 만져줘야 하는 직업을 가진 사람이다. 내 앞자리의 승객이 내릴 채비를 하며 벗어두었던 옷을 주섬주섬 챙겨 입고 있던 찰나, 내 몸이 먼저 반응한다.

미친 듯이 졸다 말고
미친 듯이 머리를 박다 말고
미친 듯이 벌떡 일어나
나도 모르게 그렇게

차라리 이 모든 게 꿈이었으면 좋았을 그 찰나, 나의 배우가 아닌 생판 모르는 사람임을 알아챈 그 찰나, 그 생판 모르는 사람의 재킷 소매로 그 생판 모르는 사람의 팔을 겁나 친절하게 넣어준 그 찰나, 나의 초점 잃은 눈동자와 나보다 더 갈 곳 잃은 그 생판 모르는 사람의 놀란 눈이 마주친 그 찰나

그럴 때마다 준비도 없이 터져 나오는 한마디를 외친다.

"엄마야."

그리고
나는 고장 난 오뚝이가 되어 다시는 고개를 들지 못했다.

_ 그에게 태양은 있었다

가파른 언덕길을 힘겹게 오른다.

한남동은 이렇게 가파른데 집값은 왜 이렇게 비싼 걸까? 궁금해하며
어시스턴트의 월급으로는 사치스러울지라도 내일은 유엔빌리지 입구에서 택
시를 타고야 말겠다는 굳은 다짐과 함께, 잔뜩 협찬받은 의상에 이끌려 거친
숨을 내쉬며 그래도 희망차게 언덕을 오른다.

그렇게 한참을 올라

한남동 제일 꼭대기에 자리한 힐탑아파트(현 힐탑트레져)에 도착해 벨을 누른
다. 오늘도 온종일 바쁠 예정인 이 시대 스타일 아이콘, bS 오빠의 집이다. 그
의 감각적인 스타일을 보며 꿈을 키웠기에 어렵사리 연락하고, 세 번의 약속
을 바람맞고, 그럼에도 고집스레 기다리고 기다린 끝에 그의 스타일리스트 은
경 언니의 어시스턴트가 된 지 얼마 지나지 않은 어느 날이었다.

어젯밤을 bS 오빠와 함께 보냈을 매니저 오빠가 일른 문을 열어주기를 기다
리고 있다. 왠지 평소보다 오랜 시간이 흘렀고 다시 벨을 누르려 할 때쯤 누군
가가 성큼성큼 급하게 문을 열어주러 나온다.

드디어 문이 열린다.

이윽고 문이 열린 그 순간
나는 내 인생에서 가장 떨리는 한순간을 마주한다.

성큼성큼 급하게 걸어 나와 문을 열어준 그는 다름 아닌
누구도 부정할 수 없는 최고의 미남 배우 정. 우. 성. 이었다.

그때 내 심장이 멎지 않은 것은 기적이었다.

'과연 이 지구상에
이 남자의 눈을 3초 이상 바라볼 수 있는 사람이 있을까?'

마치 사막 한가운데
눈부시게 뜨거운 태양을 마주하고 있는 것처럼 그의 눈빛은 뜨겁고 강렬했다.
클리셰적인 표현이지만 그것 말고는 그 어떤 말로도 표현이 되지 않았다.

그때 그는 동갑내기 친구와 함께한
영화 〈태양은 없다〉를 개봉한 직후였지만

그에게 태. 양. 은. 있. 었. 다.
그것도 두 개씩이나

스물일곱

청년 정우성의 눈빛은

앞으로 펼쳐질 그의 빛나는 미래만큼이나 눈부시게 빛나고 있었다.

스물일곱

우리 앞에 펼쳐질 그 빛나는 미래만큼이나 눈부시게 빛나고 있었다.

너무도 눈이 부셔

감히 쳐다볼 수도 없을 만큼, 눈부시게

_ 죽어도 눈을 감지 않는다

우리 언니가 대학생 때 타던 딥한 인디 핑크 색상의 작은 차를 물려받는다. 지나고 보니 참 촌스러웠다. 하지만 옷들은 버거울 만큼 넘쳐났고 색상 따위, 따질 여유도 없이 그저 감사할 뿐이었다.

대학 생활 중 유일하게 잘한 것이 운전면허를 취득한 일이었고, 열흘 정도 도로 주행 연수를 다시 거쳐 운전이란 걸 시작한다.

설렘과 두려움을 동시에 안고, 촌스러운 인디 핑크 색상의 작은 차에 시동을 걸고, 그녀의 흔적이 남아 있기에 그나마 안정된 마음으로, 그럼에도 아직은 모든 게 서툴렀기에 정말 그의 위로가 필요한 지금, Naul의 목소리조차 함께하지 못한 채 외롭고도 쓸쓸하게 출발한다.

강북인 우리 집에서 압구정동으로 가야 하는 나는
가장 빠른 길인 동부간선도로로 가려 한다.

집을 나서 우회전을 한 번 하고, 좌회전을 한 번 하고 그대로 한 블록을 더 달려 오른쪽 동부간선도로로 진입하면 된다. 진입로는 한 차선이었고 신호에 걸려 잠시 기다렸다 다시 출발한다.

머리는 심장을 부여잡고
손은 핸들을 부여잡고
발은 브레이크를 부여잡고

마침내 동부간선도로 진입로로 들어서는데, 첫 운행이라고 우리 엄마가 너무도 말끔하게 닦아놓은 유리창 너머로 도로 한복판에 처참하게 죽어 있는 비둘기 한 마리가 내 시야에 들어온다.

운전하는 나를 상상하며 나름 수많은 경우의 수를 떠올려 보았지만, 감히 상상조차 해 보지 못한 순간이다.

그 순간 나도 모르게 눈을 감아버린다.
마치 영화관에서 영화를 보다 예상치 못한 끔찍한 장면을 마주하게 되었을 때
그 어둠 속에서조차 눈을 감아버리듯 그렇게
그렇게 깜빡이 아니라 꾸~욱

그렇게 한참의 시간이 지나 다시 눈을 뜬다.
한 차선의 진입로를 지나면 바로 수 차선의 도로가 펼쳐지는 이 위험한 곳에서 나는 눈을 감아버렸다.
그것도 깜빡이 아니라 꾸~욱

그 순간
나는 생각한다.

지금 내 눈앞에 처참하게 죽어 있던 비둘기의 모습이
어쩌면 나의 모습은 아니었을지

불행인지
다행인지
처음으로 혼자 운전을 시작한 날
로드킬 당한 비둘기의 처참한 죽음을 보게 되었고
그 처참한 죽음을 보고 눈을 감았던 나는
이후로도 몇 번의 그런 생명들의 죽음을 목도하지만
처음 운전하던 날처럼 눈을 감지 않는다.

죽도록 무섭고
죽도록 두렵고
죽도록 겁나고
죽도록 끔찍해도

절대로
눈을 감지 않는다.

무슨 일이 있어도
절대로

01.

가끔 사람들은 나에게 이런 질문을 한다.

'좋은 스타일을 만들기 위해서
 가장 중요하다고 생각하는 건 무엇인가?'

특별한 철학을 가지고 스타일링을 하지는 않지만 진지하게 생각해 본 적이 있
다. 그리고 나와 팀을 이루어 함께 하는 친구들을 만나게 되면, 가장 먼저 들
려주는 말이 되었다.

나의 답은
나의 일에 대한
나의 사람에 대한
'사랑'이다.

물론
타고난 시각적 감각, 트렌드와 유연한 절충, 조화와 균형의 매치, 게을리 않는
공부, 창의적 사고, 버틸 수 있는 지구력, 지치지 않는 체력, 꾀부리지 않는 성

실함, 나태하지 않은 부지런함, 존중할 줄 아는 겸손함 등 많은 것들이 함께해
야 하는 일임은 틀림없다.
그렇기에 나열한 모든 건 당연한 기본 조건이 되어야 하며

결국
그 모든 것을 완성해 주는 건
나의 일에 대한
나의 사람에 대한
사랑이다.

당신의 일을
당신의 꿈을
온 마음을 다해 사랑해 본 사람이라면
나의 말에 격하게 공감할 수 있으리라.

누군가가
누군가를
사랑하면

모든 순간,

모든 시간
모든 마음

모든 정성

누군가를
향한다.

우리도 마찬가지다.

하나의 프로젝트가 시작되면

모든 시간
모든 마음
모든 정성

그 하나만을 위해 고민하고
그 하나만을 위해 쏟아내고
그 하나만을 위해 희생하고
그 하나만을 위해 살아간다.

그 하나만을 위해 사랑한다.

그렇지 못하면
한계에 도달했을 때, 적당히 타협하고 안주하게 된다.
극한에 다다랐을 때, 적절히 대체하고 포기하게 된다.

하지만

사랑하는 만큼

절대 타협하지 않는다.

절대 안주하지 않는다.

절대 포기하지 않는다.

결국 그 사랑이

무엇과도 비교될 수 없는 좋은 결과물을 만든다.

단 이만큼의 사랑을 준다고 해서 절대로

그걸 알아채 주길 바라지 말라고, 더한다.

그저 일방적으로 사랑을 퍼부으라고, 말한다.

그러다 보면

최고의 결과물이

최선의 시간을 위로해 줄 것이라고

02.

몇 해 전쯤

나훈아라는 대가수의 공연이 우리에게 큰 울림을 준 기억이 있다.

관련된 기사를 찾아보다 연출자의 인터뷰를 보게 된다.

그는, 그를 처음 만났을 때

'당신이 나를 사랑해 줬으면 좋겠다
 나라는 사람을 3개월만 사랑해달라'고 말했단다.

나는 가슴 뜨거운 눈물이 흘렀다.
나의 가슴이 결코, 틀리지 않았다는 사실에
나는 한참을 울었다.

정말 가슴 뜨겁게
그렇게
한참을

03.

여전히 최고라는 수식어가 어울리는 엔터테이너 이효리는
그녀와 오랜 시간 함께한 매니저에 대해 이야기한다.

어떻게 20년이란 시간을 함께할 수 있었느냐고, 묻자
그녀는 서로의 관계에 대해 주저리주저리 이야기하고는

마지막에 이 한마디를 덧붙인다.

"그리고 그는 나를 너무 사랑해 줘."

나는 다시 가슴이 뜨거워진다.

사랑, 이란 두 글자가
어릴 적엔 그저

한 남자가 한 여자를
한 여자가 한 남자를
좋아하는 마음이 전부인 줄 알았다.

물론 그게 전부인 시절도
분명, 있었다.

하지만
길고 긴 세월을 지나오며 깨닫는다.

결국
살아간다는 건
사랑한다는 것이다.

결국
꿈을 꾼다는 건
사랑한다는 것이다.

결국
사랑이다.

내가 가장 사랑한 시절의 이야기다.

드라마 첫 촬영을 위해 이른 새벽, 우리는 삼성동 코엑스 지하에 모였다. 그의 이름 석 자가 가장 앞에 내세워지는 첫 작품이었기에 그저 평범한 샐러리맨 역할이지만 세상에서 가장 멋진 샐러리맨을 만들기 위한 의상을 준비하느라, 어젯밤은 아예 침대에 누워보지도 못한 채 밤을 지새우고 이곳에 제일 먼저 도착해 있다.

조르지오 아르마니의 멋들어진 슈트를 준비하지는 못했지만, 그 가치 이상의 정성을 쏟았다는 것엔 부끄러움이 없을 만큼, 가능한 모든 곳곳을 들락거리며 내가 할 수 있는 모든 힘을 쏟는다. 그렇게 세상에서 가장 멋진 슈트를 마련하고 넥타이를 준비하려 한다. 그때만 해도 슬림한 넥타이가 흔치 않았기에 맘에 쏙 들게 맘껏 구할 수 없었던 나는, 그걸 직접 만들어 보겠다고 백화점에서 꽤 비싼 값을 주고 구입한 멀쩡한 넥타이 여러 개를 자르고 이어 붙여 손바느질을 해가며 촬영 당일 새벽까지 그 작업에 몰두한다. 그렇게 밤을 꼬박 지새우고 그 새벽, 곧바로 코엑스로 향한다.

세상에서 가장 멋진 슈트를 싣고
세상에서 가장 멋진 꿈도 싣고

그의 이름 석 자가 가장 앞에 내세워진 작품의 첫 촬영이었기에

그가 누구보다 빛날 수 있게

준비한 것 중, 가장 멋진 슈트를 입혀 감독님 앞에 보란 듯이 세운다.

나는 그에게 근사한 옷을 입혔을 때, 이 세상 앞에 가장 당당하다.

바로 그 순간이다.

한숨도 잠을 이루지 못했지만 마치 열두 시간은 숙면을 한 사람처럼 움푹 팬 눈을 반짝이며 그간의 고생 따위는 벌써 잊은 채, 허세를 떨고 있다.

한데 한껏 차려입은 모습이 못마땅한 눈치다. 그저 평범한 샐러리맨을 원하시는 듯하다. 나는 감독님의 생각 따윈 안중에도 없다는 듯, 그저 세상에서 가장 멋진 샐러리맨으로 만들 준비가 되었다는 듯, 요 며칠 동안 정성을 다해 준비한 의상을 꺼내 보이며 설득하려 애쓴다. 결국 정성을 다해 못마땅한 표정을 지어 보이신 감독님은 스텝들이 아침 식사를 하는 동안 평범한 의상으로 다시 준비해 달라신다.

그렇게 첫 촬영도, 내 허세도, 내 꿈도, 내 머리도 모두 멈춰버린 지금. 일개 스타일리스트가 저지른 만행이라고 하기엔 이른 새벽부터 모인 스태프들에게 너무 미안해서, 그럼에도 내가 쏟은 시간과 정성이 억울하고 속상해서, 그 모든 게 멈춰버린 나를 어떻게든 비집고 나오려는 눈물을 정말 모든 힘을 다해 참고 있다.

보통의 평범한 샐러리맨의 하루가 시작되는 아홉 시가 되려면 아직 한참이 남은 이른 새벽이었고, 그나마 도움받을 수 있는 협찬사도 돈을 내고 옷을 살 수 있는 매장도 모두 지금처럼 멈춰있는 시간이다. 촬영팀 외엔 아무도 없는 코엑스 지하의 남성복 매장에서 옷을 훔쳐 오는 것 말고는 딱히 방법이 없을 듯싶다.

그렇게 모든 게 멈춰버린 지금
그의 눈을 마주칠 용기도, 미안하다고 말할 엄두도 나지 않는다. 그렇게 곁에 다가가지도 못하고 쓸모없어진 열 벌이 넘는 슈트를 애써 담담한 척 정리하고 있는데 그가 한참을 머뭇머뭇, 그 멈춰진 시간을 깨우고 말한다.

"누나, 내가 그런 사람이 되어주지 못해 미안해."

나에게 화를 내고, 나에게 소리치고, 나를 다그쳐도 모자란 지금
그는 미안하다고 말하고 있다.

더군다나 그런 사람, 이라는 말도 안 되는 표현을 써가며

나는 알고 있었다.
군이 설명하지 않아도, 그 말도 안 되는 그 말의 의미를

그래서, 울었다.

나는 이 일을 시작하며 나름의 다짐을 했다.
감정이 오르면 어떤 상황에서든 눈물부터 나오는 나란 걸 알기에
혹여 내가 잘못을 저질렀을 때, 절대로 눈물로 모면하려 하지 말 것이라는
나의 대책 없는 눈물이 나의 잘못을 합리화시키는 도구가 되지 않길 바랐다.

한데 나의 직업군에서 이토록 부끄러운 일을 벌이고는, 울었다.
그래도 꼴에 자존심은 있어서
잽싸게 등을 돌리고 소리도 내지 못하고, 울었다.

나는 그랬다.
그와 함께한 지 고작 3년밖엔 되지 않았지만
그에게 스타일리스트로서 모든 꿈을 걸었다.

그의 반짝반짝 빛날 미래에
아직은 수줍지만 언젠간 삐까뻔쩍 빛날 나의 미래를

그랬기에
내 이름 석 자 앞에 오는, 그의 이름 석 자 앞에
부끄럽지 않길 바랐다.

서로가 함께하지 못하게 되었을 때도

일말의 미련도, 일말의 아쉬움도, 일말의 후회도 없었을 만큼

나는 정말 모든 순간, 최선을 다했다.
나는 정말 모든 순간, 마음을 다했다.
나는 정말 모든 순간, 그를 사랑했다.

감히 하늘을 우러러 한 점 부끄럼이 없을 만큼

그럼에도
아무 보잘것없는 고작 나란 사람의
거만한 오만이, 이기적인 욕심이, 오롯한 나만의 꿈이
그의 더 눈부시게 빛날, 더 나은 기회를 가로막고 있는 것은 아닌지
서로가 꼭 붙잡고 있는 이 두 손을 놓아주어야 하는 것은 아닌지
늘 주저했고, 늘 고민했고, 늘 아파했다.

나의 위로였던 브라운 아이드 소울의 〈정말 사랑했을까〉란 노래 속
'작고 좁은 나의 세상 속에 살던 넌 행복하긴 했을까'란 가사를 들을 때면
나라는 한없이 작고 좁은 세상 속에서 숨 막히게 답답하고 숨 못 쉬게 버겁지
는 않았는지 묻고 싶었다.

나는 그랬다.

그럼에도

단 한 순간도 그런 나를 알아주기를 바라지 않았다.
내가 줄 수 있는 사랑만이 부족하지 않길 바랐을 뿐

한데 알고 있었다.

굳이 눈으로 보지 않아도
굳이 입으로 말하지 않아도
굳이 맘으로 표현하지 않아도

나. 를. 알. 아. 주. 는. 사. 람.

그런 사람과 함께한다는 사실이 너무 행복해서 나는, 울었다.

그날 코엑스에서의 새벽
사실, 나는 세상에서 가장 멋진 슈트를 준비하며 가장 평범한 슈트를 몇 벌 더 준비한다. 그저 이 역할만을 위한 그런 슈트를. 그렇게 차 한구석에 꼭꼭 숨겨 두었던, 그러나 절대로 입히고 싶지 않았던 슈트를 꺼내고 그에 어울릴 만한 넥타이도 꺼낸다. 그리고 쓸모없어진 슈트를 내가 가장 아끼는 슈트케이스에 담아 차 한구석에 조심스레 넣는다. 나의 무모했던 꿈도 함께. 언젠가 내가 가장 아끼는 슈트케이스에 담긴 이 멋진 슈트를 다시 꺼내 입힐 날을 꿈꾸며

그렇게 나는 다시 감독님 앞에 선다.
세상에서 가장 평범한 슈트를 입은 가장 평범한 샐러리맨이 된 그를 앞에 두고

억장이 무너지지만 너무도 후련한 모습으로. 감독님은 아침 식사 후, 배가 든
든하게 채워져 기분이 좋으셨는지 최선을 다해 만족한 표정을 지어주신다. 그
렇게 촬영은 아무 일 없었다는 듯 흘러간다. 나의 무모했던 꿈도 그렇게 함께

그의 이름 석 자가 가장 앞에 내세워지는 첫 작품이었고
때론 우리 막냇동생보다 더 사랑하는 사람이었지만

배우와 스타일리스트라는

그가
다음, 을 이야기할 때면 코끝이 시리고 가슴이 뭉클해지는
다음, 을 기약할 수 없는 서로의 관계 속에

그저
지금, 충실하고 싶었다.
지금, 가장 반짝반짝 빛나길 바랐다.

누구나 입을 수 있는
누구나 입힐 수 있는
　　　　　것이 아닌,
아무나 입을 수 없는
아무나 입힐 수 없는

세상에서 가장 멋진 슈트를 입히고 싶었던 그날처럼

누구보다 반짝반짝 빛나는 별이 되길 바랐던
이미 나에겐 누구보다 반짝반짝 빛나는 별이었던

나를 누군가에게 소개할 때면
일개 스타일리스트가 아닌 '우리 누나'라고 얘기해주던

나는
그를 여전히 응원한다.

내가 가장 사랑한 시절의
내가 가장 사랑했던
나의 모든 꿈이었던
나의 배우를

나의 화. 양. 연. 화. 였던
내 사람을

어렵사리 연락하고, 세 번의 약속을 바람맞고, 그럼에도 고집스레 기다리고
기다린 끝에 그녀를 처음 만난 날

그녀는 동대문 원단 시장을 함께 돌며, 이런 이야기를 들려준다.

"간절하게 바라면 이루어진다는 말, 알지?
 정말 그렇더라
 너도 간절하게 바라봐
 언젠가는 이루어질 거야."

나의 사수 은경 언니를 처음 만난 날
그녀가 들려준 이야기가 꿈을 향한 나를 이끌어 주었다.

그리고
간절하게 바라면 이루어진다는 그 기적 같은 일들을 경험한다.
처음, 그토록 바라고 바랐던 일들이 이루어졌을 때
그녀의 말을 떠올리며 정말 기적이 있다고 믿었다.

그리고

그런 일들이 계속될 줄 알았다.

그런데
어느 순간부터는 그런 기적이 일어나지 않는다.
그저 똑같이 바라고 바랐는데 왜 기적은 일어나지 않는 걸까

돌이켜보니
내가 안주하고 나태해지기 시작하면서부터
간절하게 바라면 이루어진다는 그 기적은 일어나지 않았다.

결국
간절하게 바란다는 건
간절하게 노력한다는 것이다.

언젠가는
당신의 간절한 노력이
당신의 놀라운 기적으로 다가올 것이다.

나름 한때는 이름을 알렸던 사람들이

여전히 그때 머무른 모습으로
여전히 그때 멈춰선 모습으로
여전히 그때 말하는 모습을 보고는 한다.

현재의 내가 아닌
과거의 내가 아니면
나란 사람을 설명하기가 어려워졌기 때문이다.

한편에선
과거엔 지금의 나를 말할 수 없었던 누군가는
지금, 현재의 나를 자신 있게 말한다.
그가 과거보다 현재를 잘 살아가고 있다는 방증일 것이다.

우리는 누구나 '최고의 순간'을 기억한다.

그 최고의 순간이 현재 진행되고 있는 삶을 살아라
그 최고의 순간이 계속 덮어쓰기 되는 삶을 살아라

현재의 나를 당당하게 말할 수 있는 사람

어제의 내가 아닌
오늘의 나를 말할 수 있는 사람

그런 사람으로 살아가길 진심으로 응원한다.

_ 오지 않는 기회를 탓하지 마라

많은 이들은 이렇게 말한다.

'왜 나에게는 기회가 오지 않는 걸까?'

그런 이들에게 말해주고 싶다.

당신에게도 이미 기회는 수없이 주어졌다고
단지 당신에게는 기회가 되어주지 못했다고

'왜냐고?'

당신이 기회로 만들지 못했으니까
당신이 아직 그럴 만한 능력을 갖추지 못했으니까

기회는 주어지는 것이 아니라
기회로 만들어야 하는 것이다.

나에게 오지 않는 기회를 탓하지 마라
기회를 기회로 만들지 못한, 당신을 탓해라

강원도의 한 어촌마을에 한 달 반가량 머물러야 했다.
어부들의 이야기를 다루고 있었고
여기서 어느 정도 머문 후, 다시 여수의 섬으로 들어가야 했다.

강원도의 얄궂은 날씨 탓에 우리는 계획된 일정을 모두 마치지 못하고 여수로
향한다. 금오도라는 섬으로 향하는 첫 배 시간을 맞추기 위해 일곱 시간이 넘
도록 밤새워 운전한 나는 예상치 못하게 꼬여버린 일정에 섬으로 들어가기 전
생각지도 못하게 생겨버린 한 시간 남짓, 동네 목욕탕을 들른다. 배를 타고 들
어가자마자 다시 촬영을 시작해야 한다.

계획에 없던 상황에 세면도구를 꼼꼼하게 챙길 여유는 없고, 칫솔, 치약 그리
고 머리 감고 몸 닦을 정도의 몇 가지 도구와 갈아입을 속옷 정도만 짐가방에
서 간신히 꺼내어 급하게 동네 목욕탕으로 향한다.

아침 일곱 시를 갓 넘긴 이른 시간이었는데도 동네 아주머니들로 이 작은 목
욕탕 안은 정신이 없다.

그 정신없는 틈새, 밤새 카페인 그득한 아메리카노를 마시며 버텨왔을 쓴 내
나는 내 입을 닦아내고, 이젠 어촌마을에 익숙해져 버린 고약한 생선비린내가

배겼을 내 몸을 닦아내고, 4월의 봄이었지만 12월의 한겨울 같았던 강원도의 차가운 바닷바람을 떠올리며, 잠시라도 더 따뜻한 공간을 찾아 사우나실로 향한다.

한 달 남짓 영화를 위해 어촌마을에 내던져진
지칠 대로 지쳐버린 이 딱한 몸뚱어리를 조금은 다독여 주고 싶었을 것이다.

한데 역시나 사우나 안은 동네 아주머님들로 가득 차 지친 몸뚱이 하나 집어넣기가 쉽지 않다. 하지만 꾸역꾸역 지쳐버린 몸뚱이를 그 비좁은 공간에 넣는다. 그곳엔 딱히 여유 있는 공간은 없었지만, 나에겐 딱히 여유 부릴 시간도 없었다.
모른 척, 뻔뻔하게, 용기 내어 그 틈을 비집고 들어간 순간, 비좁은 사우나 안을 그득 채우고 계시던 아주머니들의 모든 눈이 나를 향한다. 구태여, 뻔뻔하게, 기어코 그 좁은 공간을 비집고 들어간 나에 대한 원망의 눈빛이라기보다는 무언가 의심이 가득한, 무언가 궁금증이 가득한 눈빛이다.

톱 배우 S와 또 다른 톱 배우 S는 왜 이혼했는지
재벌그룹 H회장과 걸그룹 J양은 정말 사귀는지
쓸데없는 가십을 궁금해하는 그런

순간 대중목욕탕을 가면 '남탕은 이쪽이요'라며 날 남자로 오해하시던 주인아주머니가 떠오른다. 지금보다 훨씬 짧은 커트 머리를 하고 있을 때 빈번하게 벌어졌던 일이다. 하지만 지금의 난 유니클로의 심리스 팬티조차 걸치지 않은 태어날 때 날 것 그대로의 알몸뚱이 아닌가. 이 사우나 안에서 내가 증명해야 하는 건 아무것도 없었다. 아니라면 혹시 내가 이곳 사람이 아니란 걸 눈치 챈 걸까? 벌거벗은 몸임에도 꽤 도시적인 여자로 보였을 거라는 아름다운 착각을 해 본다.

결국 살면서 한 번도 느껴보지 못한 아주머니들의 그 어색하고도 거북스러운 시선을 느끼며, 따뜻한 곳에서 조금이나마 다독여 주고 싶던 지친 몸뚱어리에 미안함을 느끼며, 그냥 사우나실을 나온다. 대신 뜨거운 물로 온몸을 몇 번이나 헹구고 몸을 닦아내는 데 계획된 시간을 다 채우지 못한 채, 그리웠던 온기가 가득했던 그곳에서 아쉽지만 한기가 가득한 탈의실로 나온다.

주인아주머니께서 입구에서 건네주신 오래되어 색이 바랜 수건으로 구석구석 물기를 닦아내고, 유니클로의 와이어리스 브래지어와 심리스 팬티를 챙겨 입고, 추운 바깥 날씨를 떠올리며 젖은 머리를 말리기 위해 드라이기가 있는 곳으로 향한다. 한데 100원짜리 동전을 넣어야 작동이 되는 드라이기 앞에서 나는 난감해하고 있다.

미처 동전을 챙겨오지 못해 난감해하고 있는 내게, 사우나 안에서 가장 호기심 가득한 눈으로 날 쳐다보시던 아주머니가 100원짜리 동전을 내민다. 나는 생각지도 못한 그녀의 손에서 빛나고 있는 100원짜리 동전에 당황했고, 세월이 흘러 색이 거의 빠져버린 푸른 회색을 띤 아이라인 문신을 바라보며, 어릴 적보단 모양새가 예쁘진 않겠지만 여전히 풍만한 그녀의 가슴팍으로 동전이 들린 손을 안긴다. 그러자 이때다 싶은 표정으로 말을 건넨다.

"우리나라 사람이에요?"

살면서 처음 들어 보는 질문이었다.
살면서 처음 보는 눈빛으로 쳐다보던 게, 이제야 이해가 된다.

살면서 그다지 예쁘장하진 않았으니 사내아이 같다는 소리를 들어 본 적도 있었고, 그다지 희지도 않았으니 강원도 사람이냐는 소리를 들어 본 적도 있었지만(난 서울 사람이다.) 살면서 처음 들어 보는 질문에 난 어떻게 답을 해야 할지 몰라 또 한 번 난감해하고 있다.

그런 중에 사우나 안에서 어색하고도 거북한 시선을 보내왔던 아주머니들은 어느새 내 주변을 둘러싸고 있었고, 잽싸게 질문을 던진 그녀를 무척이나 기특하게 쳐다본다. 내가 한눈이라도 팔았더라면 하이 파이브라도 했으리라. 그러고는 기회를 놓칠세라 또 다른 아주머니가 더한다.

"아니, 우린 너무 새까매서 동남아 사람인 줄 알았어."

순간 벌거벗은 몸임에도 꽤 도시적인 여자로 보였을 거라는 아름다운 착각에 몹시도 수치스러움을 느낀다.

그리고
그제야 난 탈의실 벽면의 큰 거울을 바라본다. 정말 볼품없이 말라 있었고, 정말 볼품없이 새까매져 있었다. 그녀들의 착각이 어쩌면 당연했으리라.

그리고

그제야 난 알아챘다. 첫 단추부터 잘못 끼워진 이 영화를 위해 난 정말 고군분
투하고 있었다. 나에겐 고군분투였지만, 누군가에겐 민폐였으리라.

나는 지금 매일 아침 눈뜨는 것이 불행할 지경이다.
아니 더 솔직 하자면, 행과 불행을 떠올릴 여유조차 없으리라.

유니클로의 심리스 팬티를 거꾸로 입지 않는 것이 다행이었고
아끼는 탈모 샴푸를 두 번 칠하지 않는 것이 다행이었고
새벽녘에 바른 선크림을 다시 바를 새도 없어 바닷바람을 맞아야 했다.

내가 지금보다 어렸더라면, 진즉에 이곳을 버려두고 도망 나왔을지도 모른다.
하지만 난 그들에게도 내가 살아온 시간에도 책임을 져야 했다.
나이를 먹는다는 건, 나에게 책임을 진다는 것이리라.

새까맣게 타버린 내 얼굴보다
내 마음속은 더 새까맣게 타고 있었다.

이런 상황을 마주하고 있었기에 나는 위로받을 주제도 못 되었다. 한데 이곳
에서 위로받는다. 처음 보는 낯선 이에게 내밀어진 빛나는 100원짜리 동전뿐
아니라, 물기에 젖은 몸을 닦고 있는 내게 색이 바랜 마른 수건 한 장을 더 건
네주시는 아주머니가 계셨고, 핸드폰 충전이 급해 양해를 구하자 주인아주머
니께서는 당신의 자리에서 핸드폰을 지켜주셨다. 그 작은 관심 하나하나가 나

를 일으켜 주고 있었다.

마치 우리 할머니의 남겨진 사랑처럼

나는 참 우연찮게 들른 이곳에서, 참 우연찮게 위로받는다.

나는 이제 미처 사우나에서 채우지 못한 따뜻함을 더 뜨겁게 마음 그득 채웠고 더럽혀진 몸까지 깨끗하게 닦아냈으니 다시, 힘을 내보려 한다.
온전한 마무리를 위해 나름, 마지막까지 애써보려 한다.

그렇게 수치스러운 현실에 서글펐다 그렇게 수많은 호의에 기운 내고 그렇게 미련한 나를 반성하며, 다시 금오도로 들어가는 배를 타기 위해 서둘러 나온다.

그 거북스러웠던 시간이
이보다 더 따뜻할 수 없었던, 감사한 시간을 뒤로한 채

그래도
세상은 어떻게든 살아가게 한다.

그렇게 나는

다시는 겪지 못할 시간을 보내고 짧은 여행을 다녀온 후, 한 달 정도 지나 다시 긴 여행을 떠난다. 그 처절했던 시간을 내 머릿속에서, 내 가슴속에서 지워버리기엔 더 많은 시간이 필요했으리라.

다시, 제주로 향한다.

사실 영화를 끝내고 바로 떠나온 제주에서는 바다를 마주하지 못했다. 늘 제주에 도착하면 차를 픽업하고 해안도로를 달리는 것으로 나의 시간은 시작되었는데, 강원도를 떠나와 다시 바다를 마주하니 감당할 수 없을 만큼 욕지기가 났다. 마치 나를 다시 구역질 나는 그 바닷가로 데려다 놓는 것만 같았다. 다시는 떠올리고 싶지 않은 그때의 시간과 공간을 마주하는 것만 같았다.

그래서 아무것도 할 수 없었다.

한데 다시 바다를 마주한다.
다시 마주한 제주의 바다는 그저, 나열의 목소리였다.

나는 지금 매일 아침 눈뜨는 것이 행복해 미칠 지경이다.

나는 조금씩 조금씩, 원래의 나로 돌아가고 있었다.

그렇게 지금 내가 거닐고 있는 제주는 7월의 한복판에 있었고
그만큼 뜨거운 햇볕과 비를 마주하고 있었다.

제주의 여름은 비가 오거나, 비가 오지 않으면 햇살이 너무 뜨거워 어딘가를
다니기에는 쉽지 않은 날들이었다. 그럼에도 일주일이 지나자, 차를 반납하고
더 자유로워진다.

정류장을 70곳도 더 지나치는 버스를 타고
어딘지도 모르는 곳을, 아무 의심도 없이 마냥 달린다.
발이 닿는 모든 곳곳이 푸르렀던
아무도 없는 길을, 아무 걱정도 없이 무작정 걷고 또 걷는다.

그렇게 그토록 지우고 싶었던 지난 시간의 잔재를 모두 떨쳐냈다고 단정 지을
수는 없겠지만 그 시간을 지우기 위해 애쓰고 애쓴 15일의 시간을 보내고, 그
래도 한결 가벼워진 마음으로 돌아온다.

내가 없는 시간이 나의 시간 마냥, 행복하기만 했을 우리 엄마

"많이 안 돌아다녔나 보네. 더 하애져서 왔네." 한다.

순간 제주의 뜨거웠던 햇살을 떠올리며, 금오도로 들어가기 전 사우나에서 마

주한 아주머니들의 말을 떠올리며, 의아해한다.

물론 그날 이후 좀 더 강력하게 자외선을 차단해 준다는 선크림을 대량으로 구매했고, 두 시간마다 선크림을 덧발라주는 취미가 생기기는 했지만, 봄의 햇살보다 7월의 햇살이 더 강렬했을 테고 제주의 뜨거운 바다와 발이 닿는 모든 곳곳이 푸르렀던 거리를 매일 거닐었는데, 의아했다.

아마도 마음가짐이었을까?
정말 마음가짐이었을까?

나는 더 이상 까매지는 내가 아니길 기대해 본다.
우리 엄마의 말처럼 더 하얘질 나를 기대해 본다.

그나저나
강원도의 바닷가에서 난 얼마나 까매져 있었던 걸까?

_ 세상에 더럽혀지며

첫 월급을 받기 위해 밤늦은 시간, 동대문의 도매시장으로 향한다.

그녀는 스타일리스트로서 최고의 시간을 보내고 있었고
그녀만큼이나 감각적인 옷들을 만들어 사업도 번창하고 있었다.

그녀는 고생했다며 매장에서 제일 인기 있다는 질 샌더 스타일의 미니멀한 블랙 점퍼를 함께 선물로 준다. 그녀의 감각을 무지막지하게 동경한 나는 그저 그 옷이 좋았다. 간절기에나 입을 수 있는 얇은 솜 점퍼였지만, 한겨울에도 그 점퍼만 입었다. 결국 옷에 구멍이 나 새하얀 솜이 꾸역꾸역 비집고 나올 때까지 입고야 말았다.

아르바이트가 아닌 나의 업으로 처음 번 돈이었기에, 첫 월급을 받기 한참 전부터 가족들을 위해 무얼 선물할지 고민했다. 그렇게 온전히 그들을 위해 고민하고 나름의 목록을 정했건만, 그 값진 돈을 받아 들고는 내가 제일 먼저 돈을 지출한 곳은 바나나를 팔고 계시는, 어느 할머니였다.

그 값진 돈을 받아 들고 나오는데 정신없는 동대문시장의 밤, 유일하게 조용한 외진 곳 길바닥에 작은 과일 상자를 펼쳐놓고 그 위에 한 송이의 바나나를 두 개씩 갈라놓고 팔고 계셨다. 아직 바나나는 하나도 팔리지 않은 것 같았고,

갈라놓은 바나나를 마냥 지키고 계시는 할머니를 보니 그냥 지나칠 수 없었다. 동대문시장의 밤이 시작된 지 한참이 지났음에도 하나도 팔리지 않은 바나나를 그냥 외면할 수 없었다.

나의 업으로 처음 받은 얼마 되지도 않는 월급봉투에서 3,000원을 지불하고 맨 구석의 바나나 두 개를 집어 든다. 그러면서 생각한다. 비록 오늘은 그렇지 못했지만, 언젠가 많은 돈을 벌게 되면 이 할머니의 바나나를 모두 사드리겠노라고

촬영에 필요한 소품을 구하기 위해 늦은 밤 동대문시장으로 향한다. 정신없이 시장을 누비고 다니다 어느 후미진 곳, 리어카에서 과일을 팔고 계시는 아주머니를 맞닥뜨린다. 여전히 많은 돈은 아니지만 그때보다는 많은 돈을 벌고 있었음에도 난 과일을 사지 않았다.

지금 당장 먹고 싶지도 않았고
내일 곧장 마트에 가면 싸게 살 수 있었고
넘쳐나는 짐보따리에 과일 봉지까지, 몹시 불편했다.
그 수많은 계산이 머릿속에 스친다.

문득 첫 월급으로
그 값비싼 바나나를 사며 훗날을 다짐하던 내가 생각난다.

그때의 나는 대체 어디로 간 걸까?

그때의 나는 대체 어떻게 된 걸까?

그렇게

나는

세상과 계산하며

세상과 타협하며

세상에 더럽혀지며

세상을 살아가고 있었다.

지금의 나는

얼마나 더럽혀졌을까?

한데 나도 그렇게 더럽혀졌지만, 세상도 그렇게 더러워졌다.

나의 진심이

　　진심으로 전달되지 않는 세상이기에 나도 변한 건 아닐까

그렇게 나를

위로해 본다.

디어라이프_

살아간다는 건, 함께하는 것

'지금 알고 있는 걸 그때도 알았더라면'

가슴을 후려치는 킴벌리 커버거의 시다.
세월이 더해질수록 가슴에 깊게 파고들어 온다.

하나

지금 알고 있는 걸 그때도 알았더라면
어쩌면 지금을 살아갈 이유가 없었을지도 모른다.

그때 알았더라면 절대로 가지 않았을 길을
그땐 알지 못했기에 겁도 없이, 걸어갔으리라.

몰랐기 때문에 아팠고
아팠기 때문에 애썼고
애썼기 때문에 지금을, 살아가리라.

어쩌면
그때 알지 못했기에 지금껏 살아왔으리라.

어쩌면

그때 알지 못했기에 지금도 살아가리라.

어쩌면

지금 알지 못하기에 내일을 살아가리라.

지금 알고 있는 걸 그때도 알았더라면

나는 살아갈 이유가 없었으리라.

그저

지금 알고 있는 걸 그때도 알았더라면

나는 조금 더 용기 내리라.

내 자신에도

내 사람에도

내 사랑에도

내 청춘에도

내 늙음에도

내 소망에도

지금 알고 있는 걸 그때도 알았더라면

나는 조금 더 기운 내리라.

내 수줍음에도
내 연약함에도
내 미련함에도
내 모자람에도
내 수치심에도
내 멍청함에도

지금 알고 있는 걸 그때도 알았더라면
나는 미치도록 나를 사랑하리라.

지금 알고 있는 걸 그때도 알았더라면
나는 절대로 그 길을 가지 않으리라.

나는 지금
감당할 수 없는 시간을 보내고 있다.

Time heals everything
시간이 모든 것을 해결해 준다.

내가 기대할 수 있는 유일한 한 가지는 이 말뿐
그 무엇도 나를 감당할 수 없다는 걸, 나는 알고 있다.

1년쯤 보내며
정말 시간이 모든 걸 해결해 줄 수 있을 거라, 믿고 있다.
2년쯤 보내며
정말 시간이 모든 걸 해결해 줄 수 있을 거라, 믿고 싶다.
3년쯤 보내며
정말 시간이 모든 걸 해결해 줄 수 있을까, 묻고 싶다.
5년쯤 보내며
정말 시간이 모든 걸 해결해 줄 수 있을까, 의심한다.
7년쯤 보내며
정말 시간이 모든 걸 해결해 줄 수 있을까, 여전히 의심한다.

9년쯤 보내며

정말 시간이 모든 걸 해결해 줄 수 없다, 는 사실을 깨닫는다.

10년쯤 보내며

정말 시간이 모든 걸 해결해 줄 수 있다, 는 사실을 비로소 깨닫는다.

나는 무릎을 탁, 치며 탄복하며 감탄한다.

정말 시간이 해결해 주는구나, 10년이라는 시간이 걸려야

그렇게

10년쯤 흘려보내며 시간이 해결해 준다는, 영원불변의 진리를 깨닫는다.

10년이면 강산도 변한다는, 만고불변의 옛말이 결코 틀리지 않았음을 깨닫는다.

연인이 서로 사랑을 하다, 무심히 헤어지고

부부가 서로 하나가 되었다, 다시 둘이 되고

친구가 서로 우정을 나누다, 모른 채 뒤돌아서고

동료가 서로 꿈을 꾸다, 뿔뿔이 흩어지고

가족이 서로 피를 나눴다, 시뻘건 피를 흘리고

세상이 나를 꿈꾸게 하다, 삶을 등지게 하고

수많은 사랑과 사람이 왔다 가고

수많은 사람과 사랑이 갔다 오고

수많은 만남과 헤어짐이 반복되고

수많은 꿈을 꾸다 무너지고
수많은 경험 앞에 무릎 꿇어가며
그래도
우리는 시간의 도움으로 지나 보낸다.

죽을 만큼 힘들었던 시간도
흩날리는 벚꽃잎보다 아름답던 시간도
결국 시간에 따라 흘러간다.

안 좋아하는 사람을 어떻게든 마주보려
안 돌아오는 마음을 어떻게든 돌려보려
안 지워지는 기억을 어떻게든 지워보려
안   잊히는 추억을 어떻게든 잊어보려

죽어도 안 되는 것을
죽도록 애쓰지 마라

그저 시간이 흘러가는 대로 내버려 두면

인연이면 다시 만날 것이고
운명이면 다시 사랑하리라.

처음부터 내 것이었다면

돌고 돌아 만신창이가 되어서라도 돌아올 것이고
끝까지 내 것이 아닐 것이었다면
길을 걷다 수천 번을 마주쳐도 모르는 사람이리라.

굳이 지나간 시간에 애쓰지 마라
굳이 지나간 시간에 얽매이지 마라

사랑은 다른 사랑으로 지워질 것이고
사람은 다른 사람으로 채워질 것이다.

아픔은 다른 희망으로 치유될 것이고
상처는 굳은 딱지가 떨어지고 나면 새살이 돋을 것이다.
그래도 안 된다면 후시딘을 발라서라도 낫게 하리라.

나를 낳아준 부모를 먼저 떠나보내고도
내가 낳은 자식을 먼저 떠나보내고도
그 비극을 겪고도 우리는 살아간다.

그저 어떻게든 살아간다.
결국 어떻게든 살아진다.

시간이 흐르면
아무 일도 아니었다는 듯 모든 게 제자리로 돌아와 있을 것이다.

그러니
흐르는 시간을 그냥 흘려보내지 마라

그 시간 동안 울고불고
그 시간 동안 후회하고
그 시간 동안 방황하고
그 시간 동안 미련을 남겨봐야
당신이 해결할 수 있는 건 없다.

어차피 시간이 해결해 줄 문제다.

그러니
가치 있는 시간을 살아라

어쩌면 뒤돌아서면 까먹는 일도
어쩌면 따끈한 순대국밥에 소주 한잔이면 되는 일도
어쩌면 10년이 걸려야 하는 일도
어쩌면 10년이 더 걸려야 하는 일도 있을 것이다.

그 모든 시간, 당신을 위해 애써라

10년이 걸린다고
그 세월을 가만히 앉아 마냥 시간이 흘러가길 기다리지 마라

고백하건대

내가 해봐서 안다.

참으로 미련한 어리석은 짓이다.

참으로 쪽팔릴 부끄러운 짓이다.

참으로 통탄할 한탄스런 짓이다.

아무리 100년을 산다고 해도, 10년이면 꽤 긴 시간이다.

그저 시간에 맡긴 채 살아가라

그저 시간에 맡긴 채 당신의 시간을 살아가라

그러다 보면 어느새 무뎌진 내가 있을 것이다.

10년쯤 지나 보내면

아마도, 아무리 오래 걸려도 10년쯤이면 될 것이리라.

10년이면

아무것도 하지 않고 제자리를 지키고 있는 강도, 산도 변한다.

봄의 설레고 설렌 첫사랑을 닮은 라일락 꽃향기를 맡으며, 여름의 덥디더운
무더위를 위로하듯 퍼붓는 소나기를 맨몸으로 맞으며, 가을의 여리디여린 코
스모스가 불어오는 바람에 흔들리지 않길 온 마음을 다해 응원하며, 겨울의

시리디시린 찬바람을 온기도 없이 앙상하게 마주하다 보면, 그저 제 자리에
요동도 없이 견디고 있는 강도, 산도, 나무도, 풀잎도, 꽃잎도 변한다.

우리도 그렇게 변한다.

죽을 만큼 힘들었던 시간도
흩날리는 벚꽃잎보다 아름답던 시간도
결국, 다 지나간다.

나를 낳아준 부모를 먼저 떠나보내고도
내가 낳은 자식을 먼저 떠나보내고도
우리는 살아간다.

그저 어떻게든 살아간다.
그저 어떻게든 살아진다.

결국, 어떻게든 흘러간다.

다 지나간다.

우리 상윤이가 복잡하게도 풀어놓은 수학 문제의 풀이 과정을 보다 생각한다.

우리 삶도 수학 문제처럼 정답이 정해져 있다면 얼마나 좋을까. 아무리 정답을 찾아가는 길이 어렵고, 험하고, 고약하다 하더라도 내가 가는 길이 맞는 길인지 아니면 잘못된 길인지 알 수 있을 테고, 잘못된 길이라면 어디서, 어떻게, 무엇이 잘못되었는지 돌아가 다시 풀어가면 될 테고, 아무리 돌아가더라도 정답을 향해 가고 있다는 믿음이 나를 이끌어 줄 것이다.

수학이 어렵고, 복잡하고, 풀지 못할 것 같아 포기했는데
그것도 중학교 2학년 때 포기했는데
그런 나는 수학보다 어려운 인생을 살아가고 있다.

이럴 줄 알았으면 수학을 포기하지 말 걸 그랬다.

나는
분명, 정답이 존재하는 수학은 포기했지만
정작, 정답이 존재하지 않는 인생을 살아가고 있다.

당장 헤매어 넘어지고, 넘어져 상처가 나고, 상처가 아물지 않아 절뚝이더라

도 그 모든 길이 내 삶의 답을 찾아가기 위한 옳은 길이기를 간절하게 바라며

그 길이 정답인지 오답인지 알 수는 없지만
결국 내가 가는 길이 정답이길 바라며

다시 생각해 보니
인생이 수학이 아니어서 다행인 건
내가 스스로 정답을 만들어갈 수 있다는 것이다.

정해진 길이 아닌
내가 가는 길이 정답이 될 수 있다.

지나고 보니

사춘기가 무슨 대단한 특권인 양

무척이나 객기를 부리며, 무척이나 유난을 떨었다.

이 세상에 존재하는 고통은 모두 내 것인 양

이 세상에 존재하는 아픔은 모두 내 것인 양

이 세상에 존재하는 슬픔은 모두 내 것인 양

그리고

그럴 때면 늘 입버릇처럼 했던 말이 '우리 한강, 갈래?'였다.

어느 날, 누군가 묻는다.

"한강이 왜 한강인 줄 알아?"

"음… 왜?"

"음… 한이 많아, 한강이래."

말도 안 되지만, 말이 되는 말이었다.

수많은 사람이 그곳에서 넋두리를 해대니 그 한이 모여 한강이 되었단다.
마치 지친 강물 위로 아득한 말풍선이 둥둥 떠다니는 것만 같다.

오랜만에 들른 한강을 바라보며 생각한다.

한강은 그 많은 사람의 이야기를 들어주지만, 담아두지 않는다.
결국엔 흘러 흘러 드넓은 바다로 흩어진다.

그렇기에 또 다른 이들의 넋두리를 받아줄 수 있으리라.

문득 내 마음도 그러했으면 좋겠다.

기껏해야 2m도 안 되는
기껏해야 100kg도 안 되는
이 작은 몸뚱어리에

미련한 아픔일지라도
아득한 슬픔일지라도
무모한 눈물일지라도

독소처럼 안고 사는 것이 아니라
어딘가로 흘려보낼 수 있었으면 좋겠다.
내 마음속에 바다를 만들어, 그렇게

그렇다면
지금보다 한결 가벼운 마음으로
매일의 나를 맞이해 줄 수 있지 않을까

01.

엄마가 언니에게 전화를 건다.
상윤이가 전화를 받는다.

"엄마는 뭐 하고 있어?"

"설거지하고 있어요."

나는 통화가 끝나자, 화가 잔뜩 나 말한다.

"손에 물 한 방울 안 묻히고 얼마나 귀하게 키웠는데
설거지를 한다고?
형부 혼자 돈 버는 것도 아니고
요즘은 남자들이 다들 설거지해 준다고 하던데
아니, 형부는 뭐 하고."

02.

엄마가 큰아들에게 전화를 건다.
재원이가 전화를 받는다.

"아빠는 뭐 하고 있어?

"설거지하고 있어요."

나는 통화가 끝나자, 열을 잔뜩 내며 말한다.

"손에 물 한 방울 안 묻히고 얼마나 애지중지 키웠는데
 설거지를 한다고?
 혼자 힘들게 돈 벌고 들어와서
 무슨 설거지까지 하느라 고생이래
 아니, 올케는 뭐 하고."

나는 모순덩어리다.

코로나19 바이러스가 내 삶을 침투하고서부터 나는 죽고 싶었다.
심지어 검색창에 자살하는 방법, 독극물, 수면제, 청산가리 등을 검색해 보기
도 했다. 물론 그런 단어들을 검색할 때마다 '당신은 소중한 사람입니다'라는
전혀 위로조차 안 되는 글귀가 나를 더 화나게도 했다. 돌이켜보니 특별한 이
유는 없었다. 그냥 모든 일상이 무료했다.

누군가에게는 희망찰 테지만
나에게는 절망적인 하루가 시작되는 아침이 오는 것도 싫었고
누군가에게는 반가울 테지만
나에게는 별다른 것 없는 뻔한 사람들을 만나는 것도 싫었고
누군가에게는 감사할 테지만
나에게는 쳇바퀴 돌듯 되풀이되는 뻔한 일을 하는 것도 싫었다.

그렇게
막연하게 죽고 싶다는 생각으로 하루하루를 보내고 있다.

어느 날
코로나를 버텨낼 수 있는 유일한 방법이라며 백신을 맞아야 한단다.

누군가는 코로나에 걸려 죽기도 하고
누군가는 코로나를 면하기 위한 백신을 맞고 죽기도 했다.

나는 코로나에 걸려 죽을까 두려워 웬만하면 집 밖을 나가지 않았고
나는 백신을 맞고 죽을까 겁이나 미루고, 미루고, 미루고, 미루고,   미루다
백신을 맞았다.

나는 모순덩어리다.

_ 웃지 못하는 그녀를 마주하고

사회적으로 누구나 동경할 만한 대단한 성공을 거둔 40대 한 여자와 아직은
어리숙하지만 미래가 희망으로 가득한 20대 한 남자. 그들의 밀회를 다룬 드
라마가 온갖 매스컴을 장식하고 있다. 드라마의 내용보다도 여배우가 모든 관
심의 중심이다. 서로의 나이 차를 느낄 수 없을 만큼 멋진 여배우를 칭송하는
기사들이 연일 쏟아져 나온다.

나는 드라마를 챙겨보지 않았음에도
그녀가 얼마나 멋진 외모를 과시하는지
그녀가 얼마나 유명한 디자이너의 옷을 입고 나오는지
그녀가 얼마나 값비싼 브랜드의 가방을 들고나오는지
모를 수 없을 만큼, 온갖 관심은 그녀를 향해 있다.

여느 때처럼, 언니 집 주방에서 상윤이를 위한 저녁을 준비하고 있다. 요리라
고는 할 줄 모르는 나는 미쉐린 레스토랑 부럽지 않은 유영숙 셰프님이 정성
껏 만들어 주신, 배달의민족보다 바지런하고도 재빠르게 우리 엄마가 딜리버
리해 준, 냉장고에 가득한 반찬들을 예쁜 그릇에 옮겨 담는 게 고작이다. 그렇
게 남의 수고를 빌려 사랑하는 이를 위한 밥상을 차리는 데 온 정성을 쏟고 있
다. 정성이란 단어로 정성껏 포장했지만, 그저 허세에 불과하다.

그렇게 유세떨며 차리는 이 정성스러운 밥상의 주인공은, 우리의 시선 안에서 거실 곳곳을 어지럽히는데 온 정신을 쏟고 있다. 그렇게 서로가 서로의 일에 온 정성과 정신을 쏟고 있는데 거실 한가운데서 녀석이 큰 소리로 제 엄마를 부른다. 그러고는 묻는다.

"저 사람(여배우)이, 저 사람(남배우) 엄마야?"

때마침 켜져 있던 거실 TV에서 온갖 매스컴의 중심에 있는 드라마의 예고편이 방송되고 있었고, 거실 곳곳을 어지럽히는 데 온 정신을 쏟고 있던 녀석은 멈칫하고 그 장면을 보고 있었다. 고작 다섯 살짜리에게 그런 장면을 보게 한 것에 대한 죄책감보다 스무 살의 나이 차가 무색하다는 칭찬 일색의 그녀와 그를, 그저 엄마와 아들로 바라보는 아이의 정직한 시선이 신기할 따름이다.

모두가 더할 나위 없이 멋진 연인으로 단정 짓고 있는데, 이 가감 없는 다섯 살 아이의 시선에는 그저 엄마와 아들로 보일 만큼 그 세월을 속일 수 없던 것이다. 물론 단편적인 모습만 보고 얘기하는 고작 다섯 살짜리의 순수한 시선이 하는 말이었지만, 왠지 조금은 씁쓸했다.

그날 이후로 '나이보다 어려 보이시네요'란 인사치레를 들으면 그저 헛헛한 웃음이 나온다. 과연 어려 보이는 게 무슨 의미가 있는 건가 싶기도 하다.

나이를 먹는다는 건, 순리이고 진리이다.

아무리 돈이 많아도

아무리 지식이 많아도

아무리 외모가 아름다워도

아무리 과학이 발전하고

아무리 의학이 발달해도

인간이 할 수 없는

유일한 한 가지

알람 맞춰 몸에 좋다는 수많은 종류의 영양제를 처먹느라

여유를 느끼지도 못하고

노화를 막아보겠노라, 시도 때도 없이 화장품을 처발라

숨구멍이 숨 쉬지도 못하고

주름을 펴보겠노라, 이마고 눈가에 보톡스를 처맞아

마음껏 웃어보지도 못하고

슈퍼푸드니 웰빙 식품이니 몸에 좋다는 것만 처먹느라

라면이 주는 감칠맛 나는 위로를 받아보지도 못하고

그렇다고, 나이를 먹지 않는 것도 아니다.

그렇다고, 청춘으로 돌아갈 수 있는 것도 아니다.

그렇다고, 얼굴의 주름이 영원히 사라지는 것도 아니다.

그냥

순리대로, 진리대로, 주어진 대로 살아보는 것도 괜찮지 않을까?

뭐 이래도 저래도

우린 자고 일어나면 또, 늙어 있다.

그래 뭐 각자의 방식대로 늙음을 받아들이면 된다.

각자의 방식대로

그나저나

오늘 만나기로 한 그녀는 보톡스를 맞으러 가서 늦는다고 연락이 왔다.

오늘도 맘껏 웃지 못하는 그녀를 마주하고 수다를 떨어야 한다. 젠장.

오늘도

정신없는 카페에 혼자 덩그러니 앉아 그녀를 기다리고 있다.

01.

도대체 무슨 말을 하는 건지 하나도 알아듣지 못하겠는데
'뭔지 알지.'라고 묻는 말에 난 뭔지 알겠다.

국민그룹이라 불리는 god의 맏형 박준형은 한 프로그램에 출연해
온종일 뭔. 지. 알. 지. 를 외친다.

어릴 적 미국에서 할머니에게 우리말을 배웠다는 그는, 할머니의 소싯적 사
투리 그대로 규범으로 정해놓은 표준어도 아닌 당연한 맞춤법도 다 틀린 말을
아무렇지 않게 거리낌 없이 심지어 당당하게 말하고 있다. 물론 재미를 위해
조금 과장되었을 거란 정도는 눈치챌 수 있다.

한데 그의 말에 마음을 열고 귀를 기울이고 들어보니 그저 웃긴 사람, 재미있
는 사람, 정신없는 사람 정도로 생각했던 그는 결코 우스운 사람이 아니었다.

영어보다 우리말이 서투를 뿐 그의 말은 틀리지 않았다. 그의 말은 흔한 거짓
도 뻔한 가식도 없이 정녕 솔직했다. 그의 말은 도리에 어긋나거나, 이치에 어
긋나거나, 상식에 어긋남이 없었다.

그랬기에 사투리 가득한 표준어도 아닌, 당연한 맞춤법도 다 틀린 그저 정신 없는 말을 하고는 있지만 '뭔지 알지.'라는 물음에 뭔지 알겠다.

02.

국회의원이라 불리는 국민을 대표해 나랏일을 하는 그들은 일 년 삼백육십오 일, 국민 앞에 도대체 무슨 말을 하는 건지 하나도 알아듣지 못하겠는 말을 지 껄여 대고 있다.

우리나라에서 가장 좋은 대학을 나왔다는 한 정치인은 나 같은 무식한 이는 검색창에 검색해야만 알아차릴 수 있는 어려운 말들을 나열하며, 온갖 미사 여구를 가져다 화려하고도 사치스럽게 보란 듯 메시지를 전한다. 그렇게 지식 인인 척, 깨어 있는 척, 정의로운 척, 윤리적인 척, 본인만이 가장 올바른 삶을 살아온 척, 구구절절 이야기했더란다. 한데 그토록 잘난 척하며 써 갈겨놓은 글에 정작 정반대의 삶을 살아왔음을 증명한다. 이토록 비상식적인, 비도덕적 인, 부정의 한 삶을 살아온 그는 자신을 믿어달라는 그 말조차 거짓이었음을, 또 한 번 증명한다.

우리나라에서 가장 좋은 대학을 나온 그가
그토록 치장하듯 아름다운 말들을 써내려 가며
그토록 깨끗한 척 본인의 청렴을 이야기하며
그토록 자기의 말을 알아달라 호소하는데

난 도대체 무슨 말을 하는지 하나도 알아들을 수가 없다.

진실을 숨기기 위해 한껏 치장하고 그 치장 속에 꼭꼭 숨겨진 거짓된 말이 아니라, 서툴고 부족하고 어설프더라도 그 말이 가진 진심이 우리를 뭔지 알게 한다.

가슴이 가진 힘
그 진심이 전해질 때, 바로 말이 가진 힘이 된다.

국민이 뽑아주고 국민의 세금으로 먹고사는 일개 국회의원 따위가 아닌
국민이 위로받고 국민의 사랑으로 지켜온 국민그룹의 리더가
그 진실을 말해준다.

감히
국민의 돈으로 생계를 유지하는 분들께 한 말씀 드리고 싶다. 나도 당신의 생계에 일조하는 국민의 한 사람으로서 이 정도는 말할 수 있지 않은가

다음 선거에, 다음 총선에, 다음 대선에
어떻게든 정권을 잡아 장기 집권하겠다는 그 되지도 않는 계획을 세우기 전에
진심으로, 진정성을 가지고, 책임감을 느끼고 국민 앞에 다가와 주길 바란다.

그렇다면
국민그룹 god가 국민과 함께한 지 30년을 바라보고 있듯

국회의원 당신들도 국민과 오랜 시간 함께할 수 있을 것이다.

여냐 야냐, 좌냐 우냐, 보수냐 진보냐, 1번이냐 2번이냐,
빨간색이냐 파란색이냐가 중요한 게 아니다.

당신은 진정 올바른 말을 하고 있는가?
당신은 진정 올바른 길을 가고 있는가?

우리는 그걸 묻고 싶을 뿐이다.

국민그룹 god가 들려주는 〈거짓말〉에 우리는 열광하지만
국회의원 당신들이 들려주는 〈거짓말〉에 우리는 환장한다.

국민그룹 god가 함께 가는 〈길〉에 우리는 꿈을 꾸지만
국회의원 당신들이 함께 가는 〈길〉에 우리는 꿈을 접는다.

제발 우리의 간절한 희망이 되어주길, 절실히 바라본다.

나는 오늘도
눈부신 〈하늘색 약속〉을 꿈꾸며
드높이 〈하늘색 풍선〉을 날려본다.

아무 일 없는 〈보통날〉을 기대하며

01.

내가 이모가 되고서야 그녀의 외사랑을 알게 된
여전히 내가 너무도 사랑하는 둘째 이모의 맏딸인 참 단단한 그녀

그녀는 삼성전자에 다니는 꽤 능력 있는 친구다.
고등학생 때는 춤 동아리에서 힙합을 즐길 만큼, 나와는 다른 시대를 살아온
참 부러운 세대다. 그런 그녀는 입사한 지 얼마 지나지 않아 사내 커플이었던
남자친구와 결혼한다며 곧 가족이 될 그를 인사시키러 온다.

각자의 삶을 살아가느라 오랜만에 마주한 우리는
수많은 청춘의 꿈일 그들의 회사 생활에 대해 잔뜩 묻고, 한껏 듣는다.

그때
거실 한편에서 외롭게 블록 놀이를 하던 상윤이가 다가와 말한다.
어렸을 적부터 어른들의 이야기에 늘 귀를 쫑긋하던 아이였다.

"나 삼성에 아는 사람 있는데…."

우리 언니는, 아들의 처음 듣는 이야기에 놀라 묻는다.

"너 삼성에 아는 사람이 있었어? 누구?"

녀석은 말한다.

"이. 재. 용."

말 그대로 아는 사람이었다.
우리나라 국민이라면 모두가 아는, 아는 사람

02.

우리는 경주이씨다.
우리의 조상들이 어떤 업적을 이루었고 얼마만큼 훌륭한 사람이었는지에는
별 관심이 없었지만, 우리나라를 대표하는 삼성가가 경주이씨라는 사실에는
부끄럽게도 꽤 의기양양해한다.

우리 재원이와 이재용 사장(현 회장)의 항렬이 같다며
그저 어른들끼리 재미로 지껄여 댔으리라.

이건희 회장님의 안타까운 부고 소식을 모든 뉴스에서 보도하고 있다.

뉴스를 심각하게 지켜보던 열 살이 된 상윤이는 조용히 제 엄마 핸드폰을 집
어 들고는 재원이에게 전화한다.

어렸을 적부터 어른들의 이야기에 늘 귀를 쫑긋하던 아이였다.

"형아, 이건희 회장님이 돌아가셨대
 장례식에 가봐야지?"

이런 아이의 생각이
때론 어른보다 나을 때가 있다.

나도
내가 느끼는 대로, 내가 생각하는 대로, 내가 하고 싶은 대로
아무 눈치 없이, 아무 걱정 없이, 아무 계산 없이 살고 싶다.

그렇게
순수하고 싶다.

난 아직은 청춘, 이란 말보다
난 가끔은 순수, 라는 말이 더 그립다.

버스를 타고 명동까지 가는 길이 평소보다 신이 난다.

명동은 「내가 인생에서 유일하게 사랑하는 시절」을 온전하게 품고 있는, 유일한 곳이다.

지나칠 정도로 무더운 여름, 천 몇백 원쯤 되는 돈을 지불하고 이렇게도 시원하게 목적지까지 갈 수 있다니 이 얼마나 신나는 일인가

시간이 지나자 차가운 에어컨 바람에 짧은 소매 아래로 닭살이 시작된 나의 팔을 코지한 에코백으로 따뜻하게 감싼다. 이럴 때는 오픈런을 해가며 수백만 원을 주고서야 살 수 있는 명품백보다 이 몇만 원짜리 에코백이 훨씬 쓸모 있다. 귀에는 이어폰을 꽂고, 브라운 아이드 소울의 〈Always Be There〉을 무한 반복하며 창밖 거리 풍경까지 감상 중이다. 심지어 버스 안에는 기사님과 고작 대여섯 명 정도의 승객만이 타고 있다.

이 얼마나 행복한가

굳이 시간 내서 여름휴가를 가지 않아도 될 만큼 충분하다.

그렇게 나름 썩 괜찮은 여름휴가를 즐기고 있는데

한 번쯤 누구나 꿈은 꾸지만

결코 아무나 갈 수 없는 한 대학교 정류장 앞에 버스가 정차한다.

주제넘게도

우리 언니의 베프 민균 언니의 남자친구 덕분에 이루어진, 나의 첫 소개팅 상대가 다니던 대학이다. 내 인생에서 무거운 마음의 짐을 안고 살아가는 몇 안되는 사람 중 한 명이다. 잘난 우리 언니의 못난 여동생에 대한 몹쓸 사랑이 불러온, 그분에게는 참사였으리라. 이름도 얼굴도 기억나지 않지만, 이유 여하를 막론하고 그냥 미안하다는 말을 전하고 싶다. 그는 이 대학의 경영학과 학생이었다.

그리고

내가 본 정말 멋진 청춘이 졸업한 학교이기도 하다. 바이럴 광고 촬영장에서 광고대행사 인턴 AE로 만난 멋진 청년은 고집스럽게도 혼자가 좋은 나란 사람이 이런 사람이라면 인생을 함께 헤쳐 나갈 용기를 내봐도 괜찮지 않을까, 하는 생각을 갖게 한 단 한 명의 남자였다. 내가 지금보다 열두 살쯤 어린 김태희(미모와 지성을 겸비한 여자의 적절한 예)였다면 어떤 망설임도 없이 고백했을 거다. 그가 주식이었다면, 그가 비트코인이었다면, 내가 가진 모든 걸 그에게 걸었으리라. 지금보다 10년 후가 더 기대되는 정말 멋진 청춘이었다. 그도 이 대학의 경영학과 졸업을 앞둔 학생이었다.

그리고

대학 농구가 지금의 프리미어리그만큼이나 인기가 있던 시절, 소녀들 모두가 신촌 독수리를 응원할 때 홀로 안암동 호랑이를 외치게 했던 나의 영원한 오빠들의 학교이기도 하다. 그들이 입었던 빨간색 유니폼 덕분에 난 아직도 빨간색이 좋다. 그러고 보니 내가 제일 좋아했던 우리 오빠도 이 대학의 경영학과를 졸업했다.

그렇게 지나간 기억만으로도 설레는 오래된 추억을 떠올리며
그러나 아쉽게도 나와 아무 상관없는 이 멋진 대학교 정문 앞을 지나고 있다.

그렇게 혼자만의 기똥찬 휴가를 즐기고 있는데, 정류장에 정차한 버스 창문 아래로 또 다른 버스를 기다리는 흑인 청년 한 명이 눈에 들어온다.

분명 선명한 검은색이었을
색 바랜 검회색 반팔 티셔츠에 후줄근한 반바지를 입고 있다. 나도 모르게 그 모양새를 따라가다 순간 시선이 멈춘다. 그는 몹쓸 아저씨들이나 신을 법한 회색 정장 양말에 여름용 샌들을 신고 있다. 오트 쿠튀르나 쁘레따 뽀르떼에서 본다면 신박한 패션일 수 있겠지만, 내 시선에 들어와 있는 그의 양말과 샌들은 전혀 어우러지지 못하고 있었다.

행복에 흠뻑 취해있던 나의 시간은 순간, 슬픔으로 디졸브 된다.
그 모습이 마치 이곳에서 그렇게 섞이지 못하고 있는 것은 아닐까

그리고 신나는 척 즐기고는 있었지만
어쩌면 지금의 나를 빗대어 바라보고 있었는지도 모르겠다.

꼬박 5박 7일은 걸려야 설명이 될 어둡고도 무거운 시간을 보내고 있었고, 그 와중에 마구잡이 뒤죽박죽되어 버린 나는 여기도 저기도 섞이지 못하고 방황 중이다.

마치 그의 모습이 나를 보는 것만 같아 슬프다.

분명 선명한 검은색이었을
검회색이 되어버린 색 바랜 낡은 티셔츠를 보는 것도
우스꽝스러워 보일지도 모를
전혀 어우러지지 못하는 양말과 샌들을 보는 것도
속눈썹이 한껏 치켜 올라간
유난히 하얗고 커다란 눈망울 속 숨은 슬픔을 보는 것도

마치 나를 보는 것만 같아 슬프다.

뭐 그래도 괜찮다.

내가 괜찮은 순간에도
내가 괜찮지 않은 순간에도

지금처럼

내가 괜찮은 척하는 순간에도

그의 목소리는 언제나 나를 위로해 준다.

⟨Always Be There⟩

_ Dear Naul

당신의 목소리는

어떻게든 살아가기 위해 내쉬는 숨이었고
어떻게든 살아내기 위해 내뱉는 한숨이었습니다.

차가운 겨울이 가고 옷 틈새로 스며드는 달콤한 봄바람이었고
뜨거운 여름이 가고 머리카락 사이로 불어오는 감미로운 가을바람이었습니다.

머리가 지끈거리게 아플 때는 책상 서랍 속 숨겨놓은 타이레놀 두 알이었고
심장이 미친 듯이 떨릴 때는 괜찮다고 달래주는 우리 아빠의 청심환 반쪽이었
습니다.

지쳐 손가락 하나 까딱일 힘조차 없을 때는 한입 문 다크 초콜릿이었고
끼니를 놓쳐 배가 고플 때는 따신 하얀 밥 위의 스팸 한 조각이었습니다.

다시는 고개 들지 못할 거라 숨고 싶을 때는 얼음 땡의 땡을 외쳐주었고
다시는 일어나지 못할 거라 쓰러져 있을 때는 다정하게 내밀어진 손이었습니다.

나풀대는 라일락 꽃향기 그득한 가슴 떨리는 첫사랑이었고

내 그리움의 전부인 우리 할머니의 남겨진 사랑이었습니다.

떨어지는 별똥별을 바라보며 맘속 깊이 빌어보는 간절한 소망이었고
쏟아지는 은하수를 맞으며 세상을 향해 외쳐보는 찬란한 꿈이었습니다.

한여름, 새파란 바다에서 밀려오는 새하얀 파도가 보내주는 힘찬 희망이었고
시린 가을, 들녘에 핀 가녀린 코스모스를 지켜주는 눈부신 저녁노을의 가슴
벅찬 위로였습니다.

나는

당신이 있어 숨 쉴 수 있었으며
당신이 있어 목구멍까지 차오른 한숨을 버텨낼 수 있었으며
당신이 있어 다시, 숨 쉴 수 있었음을

당신이 있어 사랑할 수 있었으며
당신이 있어 엿 같은 이별도 할 수 있었으며
당신이 있어 다시, 사랑할 수 있었음을

당신이 있어 웃을 수 있었으며
당신이 있어 눈물이 흘러도 금방 멈출 수 있었으며
당신이 있어 다시, 웃을 수 있었음을

당신이 있어 꿈꿀 수 있었으며
당신이 있어 대차게 넘어져도 일어설 수 있었으며
당신이 있어 다시, 꿈꿀 수 있었음을

당신이 있어 겨우겨우 살아갈 수 있었으며
당신이 있어 꾸역꾸역 빌붙어 살아가고 있으며
당신이 있어 어떻게든, 기막히게 살아갈 것임을

당신도 그러하길

당신을 사랑하는 이들의
하찮고도 미련한, 이 수줍은 고백이

당신이 들려주는 멜로디의
들리지조차 않는, 한낱 숨겨진 음표라도 되어주길

당신이 불러주는 노랫말의
의미조차 없는, 한낱 쉬어가는 쉼표라도 되어주길

당신이 그려주는 그림의
보이지조차 않는, 에보니 펜슬의 한낱 희미한 선이라도 되어주길

당신의 몸서리치게 외로웠을 그 모든 시간의
한낱 보잘것없겠지만, 일말의 아주 작은 위로라도 되어주길 감히

부족했기에 미안한 글을 써 내려가는 모든 순간
나의 가슴 벅찬 위로가 되어준 소중한 당신에게
나의 마지막 페이지를 전하며

나는

다시, 당신의 목소리에 내 삶을 맡긴 채
기욤 뮈소의 책 한 구절을 빌려
「내가 인생에서 유일하게 사랑하는 시절」을
온전하게 품고 있는 그 길을 걸어보려 합니다.

비록 자신은 없지만
다시, 따스한 봄을 기다리며

고맙습니다.

Dear Naul

죽어도 못할 것 같았다.

그러다
죽도록 후회할 것 같았다.

그러다
죽어서도 후회할 것 같았다.

내가 죽든
당신이 죽든
누가 죽어도
내가 죽도록 후회할 것 같았다.

참 어지간히도 못났다.

이 어지간히도 못난 나는
그래서 용기 내보려 한다.

감히
당신에게 내 사랑을 고백해 보려 한다.

더해
이 어지간히도 못된 나는

너의 죄를 사하노라, 라고 용서받고 싶었다.

나는
정말이지
어지간히도 못난
어지간히도 못된
딸이다.

당신을 마주하고서는
죽어도 못 할 것 같았다.

당신을 마주하고서는
죽어도 못 할 것 같아서

죽어도

이 글로나마 대신해 보려 한다.

Ending Credit

당신이어야만 했습니다

이글의

처음은

다시 만나는 날

수고했다고

꼭,

안아줄 거지

너무 보고 싶다

우리 할머니

곧 만나 우리

그리고

나의
디어파더 이상호
디어마더 유윤지

오롯이
당신께

이 글을 바칩니다

그리고

당신의 행복을 누구보다 바랍니다
나에겐 여전히 최고의 女子
나의 하나뿐인 언니 이희ㅅ
그리고
정진ㅎ
정상윤

좋은 사람으로 자라주어서, 살아주어서 고맙습니다. 이주ㄱ
그리고
유지ㅎ
이재원
이하율

이젠 당신만을 위한 삶을 살아가길 진심으로 응원합니다. 이주ㅎ

그리고

이진ㅇ 용옥ㅇ 유임ㄷ 박분ㅅ 유윤ㅇ 송춘ㅅ 송지ㅅ 송자ㅇ 송홍ㅅ 서민ㅎ
서희ㄴ 유윤ㅅ 윤채ㅈ 윤지ㅇ 윤영ㅂ 박경ㅁ 박다ㅇ 류세ㅂ 이순ㅇ 류귀ㄴ
류지ㅊ 류세ㅎ 박정ㅎ 류선ㅁ 류유ㅁ 류지ㄱ 류지ㅅ 유윤ㅇ 문평ㅇ 문용ㅅ

그리고

당신의 은혜를 죽기 전에 갚을 수 있을까 싶습니다
유영숙 그리고 임수ㅂ 임혜ㄱ 임창ㅂ

그리고

ㄱㅂㅅ ㅎㅂ ㅈㄹㅇ ㄱㅎㅅ and ㅇㄴㅇ

박영선 장창숙 조은영 이성구 황세원 황희영 김은영 임미정 and ㅊㄱㅎ
신지연 이승영 박상정 안하영 김선주 정주연 최은정 양진경 김수지 이초롱 임승희
홍현주 홍선자 정미희 구환영 권시봉 박상규 이우석 장순필 박희근 and 미다스북스

고맙습니다